ERICH WEIDINGER

Seelenfriede

TATORT ATTERSEE Rudi will endlich seine große Liebe Natascha erobern. Dafür bricht er mit ihr in ein Bootshaus ein. Doch dort entdecken die beiden etwas, das sie von ihrem Vorhaben schnellstens absehen lässt. Die Flucht des jungen Paares endet allerdings anders als gewollt ...

Seelenfriede, so nennt Inspektor Zufall den Zustand der Ruhe und Einsamkeit, wenn er mit dem Boot allein auf dem See unterwegs ist. Er ist gern Polizist, aber Gewaltdelikten und vor allem Leichen geht er normalerweise möglichst aus dem Weg, was für einen Polizisten berufsbedingt schwierig ist und für die Ermittlungen hinderlich sein kann. In nur wenigen Tagen passiert am See plötzlich so viel, was den Inspektor an seine Grenzen bringt, dass er nicht mehr weiß, wo ihm der Kopf steht. Nur langsam fügen sich die einzelnen Geschehnisse zusammen – und nicht alles ist so, wie es zunächst schien.

Erich Weidinger wuchs am Attersee im oberösterreichischen Salzkammergut auf – dem Lieblingsrefugium vieler Künstler. Nach einer Friseurlehre und einer pädagogischen Ausbildung arbeitete er mehrere Jahre mit benachteiligten Kindern. Wegen der Liebe zur Literatur wechselte er in den Buchhandel, betreibt am Attersee die einzige Buchhandlung, die 2021 zur Buchhandlung des Jahres gewählt wurde. Er begann vor vielen Jahren zu schreiben und hat mehrere Sagen- und Kinderbücher sowie Krimi-Anthologien und Romane veröffentlicht.

ERICH WEIDINGER

Seelenfriede

KRIMINALROMAN

GMEINER

Immer informiert

NEWSLETTER

Spannung pur – mit unserem Newsletter informieren wir Sie regelmäßig über Wissenswertes aus unserer Bücherwelt.

Gefällt mir!

Facebook: @Gmeiner.Verlag
Instagram: @gmeinerverlag
Twitter: @GmeinerVerlag

MIX
Papier | Fördert gute Waldnutzung
FSC® C014496
FSC www.fsc.org

Besuchen Sie uns im Internet:
www.gmeiner-verlag.de

Im Ehnried 5, 88605 Meßkirch
Telefon 07575/2095-0
info@gmeiner-verlag.de

1. Auflage 2023
»Seelenfriede« erschien erstmals 2015 beim Kehrwasser Verlag

Lektorat: Claudia Senghaas, Kirchardt
Umschlaggestaltung: U.O.R.G. Lutz Eberle, Stuttgart
unter Verwendung eines Fotos von: © Lorenzo / stock.adobe.com
Druck: GGP Media GmbH, Pößneck
Printed in Germany
ISBN 978-3-8392-0414-6

1

Freitagabend
Buchberg bei Seewalchen

Ein abgenutztes hölzernes Ruderpaar wurde wiederholt in das klare Wasser getaucht. Das alte, doch schön gepflegte Ruderboot schaukelte am nahen Ufer entlang. Zwischen den Anlagen, von Bootshaus zu Bootshaus, von Steg zu Steg.

Ungewöhnlich, fast sommerlich warm erschien der späte Oktoberabend am Attersee, dem größten der österreichischen Salzkammergutseen. Eine natürliche Stille umfing die Wiesen, Felder und Seegrundstücke des westlichen Ufers. Selbst von der nahe gelegenen Straße drangen nur selten leise Autogeräusche durch die Büsche und Bepflanzungen, die im Sommer neugierige Blicke auf die diversen Seegrundstücke und Bootshäuser abhalten sollten. Das helle Rufen einer männlichen Reiherente im Schilf, auf der Suche nach einem willigen Weibchen, verlieh der Stille am See den Beweis einer intakten Fauna. Die Sonne spendete ihre letzten Strahlen und ließ die Oberfläche des Wassers in vielen wunderschönen Farben funkeln und leuchten. Für Farbtherapeuten und Hobbymaler eine schwierige Entscheidung, welchem Farbton sie sich zuerst hingeben beziehungsweise welchen sie als ersten einfangen sollten. Die Eigentümer, darunter auch viele Zweitwohnungsbesitzer, hatten ihre Bade- und Bootshäuser bereits winterfest gemacht. Die hölzernen Fensterläden geschlossen, die alten wettergegerbten Türen meist nur mit einem Vorhängeschloss abgesperrt, die Falltore, die die Einfahrt für die Boote freigaben, herabgelassen. Alles schien unberührt und stillzustehen. Einer Western-Geisterstadt gleich. Einer am Wasser. Statt der Veranden vor den Saloons und den Anbindebalken für Pferde harrten hier verlassen die hölzernen Stege, Plattformen und Metallringe für Bootstaue einer abermaligen Verwendung entgegen. Ab und zu war anstelle eines rhythmischen Hufgeräusches ein leises, fast gleichmäßiges Plätschern zu hören. Vom sanften Wind entfachte Wellen brachen sich an den Planken und Pfählen der Bootshäuser und Stege.

Der junge Mann, der die Ruder ins Wasser schlug, legte nacheinander an den neu errichteten Pfahlbauhäusern und Plattformen an. Stieg aus dem Boot und versuchte herauszufinden, ob er unbemerkt und ohne ein Schloss aufzubrechen in eines der Gebäude eindringen konnte. Die giftgrünen Gummisandalen an seinen Füßen quietschten jedes Mal beim Herumgehen auf den Holzbrettern. Er deutete der zweiten Gestalt im Boot, still zu sein. Dies wiederholte sich mehrmals, hatte den Anschein einer stummen Herbergssuche, bei der nie geklopft wurde und auch kein singender Wirt die Tür öffnete.

Endlich gelang es ihm, mit sanftem Druck die hölzerne Verschalung eines größeren Badehauses aufzudrücken und zur Seite zu schieben. Dabei bohrte sich ein dünner, abgebrochener Holzspan in seine Haut, unterhalb des kleinen rechten Fingers. Unhörbar fluchend, versuchte er mit der linken Hand und in weiterer Folge mit den Lippen, den Span herauszuziehen. Dadurch brach der winzige hervorstehende Teil ab. Der Eindringling rieb die wunde Stelle an den Jeans am Oberschenkel, was ein noch tieferes Eindringen des restlichen Fremdkörpers in die Hautschichten zur Folge hatte. Die unversperrte gläserne Schiebetür, die sich hinter der Verschalung verbarg, konnte er nun ohne Schwierigkeiten öffnen.

Das Innere des Gebäudes glich eher einem Wohnzimmer als einem einfachen Bootshaus, wie man von außen vermuten würde. Ein rotes Sofa mit Couchtisch dominierte die Mitte des Raumes.

Rudi, so hieß der junge Einbrecher, wollte Natascha, seine Angebetete, endlich hier in aller Einsamkeit erobern. Da er Tischler gelernt hatte, wusste er, dass diese Couch in der Fachsprache »Récamiere« genannt wurde und ursprünglich keine Rückenlehne hatte. Witzig fand er, dass er genau vor eine Woche mit seinem Vater so ein Teil aus dem bekannten schwedischen Möbelhaus abholen hatte müssen, das den bezeichnenden Namen »Lugnvik« trug, der sich sogleich in seiner Erinnerung verankert hatte. Die letzten drei Buchstaben des Wortes bezeichneten laut ausgesprochen sein Vorhaben, welches er mit Natascha auf genau dieser Couch auszuführen gedachte. Mit einem Lächeln auf den Lippen, das Wort »Lugnvik« leise aussprechend, drehte er sich zu seiner Liebsten um und schlich möglichst lautlos mit dem quietschenden Schuhwerk zu seinem schwimmenden Transportmittel zurück.

»Komm, Nasti, da drinnen ist es wunderschön«, flüsterte er. Nachdem er Natascha beim Aussteigen geholfen hatte, vertäute er das Ruderboot an dem Bootshaus, sodass es unter der hölzernen Plattform, leises Plätschern verursachend, hin und her schaukelte. Es würde ruhiger und geduldiger auf seinen Besitzer warten als das schnaubende Westernpferd an der Tränke vor dem Saloon.

Rudi schob seine Herzensdame durch den Eingang in das Bootshaus. Natascha blies überrascht die Backen auf, sie stellte sich vor, wie im Sommer die Glasfront die Sicht auf den See freigeben würde. Rudi, in sich eine Vorfreude auf verbotenen Luxus und erlaubte Gelüste verspürend, stand noch hinter ihr.

»Keine Angst, ich bin nicht eingebrochen. Es war offen! Hast du den Wein, Nasti?«, fragte er seine Freundin, die unschlüssig vor dem Sofa mit dem kleinen verstaubten Glastisch stand.

»Oh, der ist noch im Boot, Rudi. Hab ich vergessen.«

Natascha trat unsicher von einem Bein auf das andere. Es sah so aus, als überlegte sie, ob sie das Eindringen hier gutheißen sollte, und vor allem, ob dies die richtige Spielwiese wäre, denn natürlich war klar, was ihr Bootsmann an diesem Abend beabsichtigte. Sie war tatsächlich noch unschlüssig, ob sie den Einbruch ihres Freundes dulden sollte, oder ob sie nicht doch besser zurück aufs Boot wollte. Sie blickte sich im Raum um, der sie mit seiner kargen, dafür aber geschmackvollen Einrichtung für sich gewann.

Rudi ging ins Freie, sah sich verstohlen um, legte sich auf den Steg, zog an der Leine und versuchte, die Weinflasche zu ergreifen, ohne ins Boot steigen zu müssen. Den Oberkörper über dem Wasserspiegel in der Luft, die Hände weit nach vorne gereckt konnte er die Flasche fassen. Beim Aufrichten entglitt sie ihm, fiel in den See und verschwand zwischen den Pfählen, auf denen das Gebäude thronte.

»Scheiße, der gute Wein!«, schimpfte er und überlegte kurz, ob er in das kühle Wasser steigen sollte. Zehn Euro, das war die teuerste Weinflasche, die er je gekauft hatte. Bevor sie von der Bootshütte seines Onkels, zwei Buchten südlicher, abgelegt waren, hatte er ihr drei *Wodka Energy*, auch *Flügerl* genannt, verabreicht. Natürlich mit Eis und einer Scheibe von einer Zitrone, die er einem Zitrusbaum auf Nachbars Terrasse entwendet hatte. Mit dem Wein wollte er den Höhepunkt in jeder Hinsicht krönen.

Natascha stand plötzlich hinter ihm und meinte:

»Rudi, mir ist kalt. Lass den blöden Wein! Wir haben eh schon genug getrunken. Ich mag keinen mehr. Da wird mir nur schlecht davon.«

Na wunderbar! Wie komm ich ihr sonst an die Wäsche?, dachte Rudi. Na, egal. Irgendwie wird es schon klappen.

Rudi nahm Nasti an der Hand, legte den Finger an die Lippen, um ihr klar zu machen, dass sie im Freien nicht zu laut sprechen sollte. Er blickte umher, um sich zu vergewissern, dass sie von niemandem beobachtet wurden. Er schob seine Liebste wieder in die Hütte hinein. Das Fischerboot, das in weiterer Entfernung zwischen zwei Bootshäusern aufgetaucht war, hatte er nicht bemerkt.

Er dirigierte Natascha zur Couch und sah sich im Raum um, ob er hier etwas zu trinken finden könne. Tatsächlich stand in einem Kästchen eine Flasche mit klarer Flüssigkeit ohne Etikett. Den Schraubverschluss geöffnet, stellte Rudi fest, dass es Schnaps war.

»Egal, passt auch. Besser als nichts.«

Im Raum roch es etwas abgestanden, vermischt mit dem typischen Wassergeruch, den die Einheimischen als »fischelnd« bezeichnen.

»Irgendwie riecht es hier streng«, meinte Natascha und rutschte unsicher auf der Couch herum, unbewusst mit einer Hand die Beschaffenheit der Unterlage testend.

»Nasti, Schätzchen. Hier hab ich was Feines. Komm, trink!«

Rudi reichte ihr die Flasche, nachdem er selbst einen kräftigen Schluck genommen hatte. Der Schnaps war nicht so scharf wie der Selbstgebrannte von seinem Onkel. Wahrscheinlich war er etwas »ausgeraucht«, wie dieser schale Getränke nannte.

»Uh, das ist ja ein heftiger Stoff.«

Natascha versuchte, die Flasche abzuwehren, doch Rudi ließ ihr keine Chance und hielt ihr während des Trinkens das Gefäß fest an den Mund, sodass sie mehr schlucken musste, als sie es vorhatte. Nasti schnappte nach Luft, röchelte, hustete und schlug sich ein paarmal auf die Stelle zwischen Hals und Brust. Als ob sie das innere Brennen damit lindernd beeinflussen könnte. Ihr Gesicht und auch das sonst so leichenblasse Dekolleté wurden fleckig rot.

Rudis Chance. Er setzte sich neben sie, klopfte ihr auf den Rücken, zog ihr die kunstlederne hellgrüne Jacke aus und legte diese auf dem Boden ab. Er fuhr mit seiner Hand unter ihr T-Shirt mit dem Aufdruck eines böse blickenden Smileys und massierte ihr den Bauch. Dabei berührte er mit den Fingern ein weiteres unvermutetes Kleidungsstück.

Mist, sie hat einen BH an!

Rudi griff erneut zur Flasche.

»Du musst nochmals trinken, das lässt den ersten Schock weichen. Glaub mir, ich weiß das von meinem Onkel. Der kennt sich mit Schnaps gut aus.«

Das Mädchen, unfähig sich zu wehren, ließ alles geschehen und nahm nochmals einen Schluck. So verging einige Zeit mit Massieren, Trinken, Streicheln und Küssen. Bald hatte Rudi das Hemd abgelegt und beugte sich über Nasti, die unbeholfen auf *Lugnvik* lehnte. Jetzt ohne T-Shirt, aber mit rosa Büstenhalter, wo keiner hätte sein müssen, da wirklich nicht viel da war. Die Flasche war fast ausgetrunken, und die Hemmungen schienen zu fallen. Natascha kicherte, zu anderem war sie nicht mehr imstande. Auch Rudi hatte bereits die Fähigkeit verloren, sich normal zu artikulieren. Er war gerade dabei, die Jeans abzustreifen, die er, ohne aufzustehen, nur bis zu den Knien hinabziehen konnte. Natascha bemerkte seine Erektion und versuchte, mit einer

Hand unter seine eng anliegenden schwarzen Shorts zu kommen. Gleichzeitig begann Rudi, sich mit dem männerfeindlichsten Kleidungsstück zu befassen, das es gab.

»Nasti, BH«, murmelt er.

»Hi, hi … hicks.«

Von ihr war keine Hilfe zu erwarten, sie hatte genug mit seinen Shorts und dem darunter Erhobenen zu tun.

Rudi versuchte nun, halb neben Nasti liegend, die Hand unter den BH zu schieben. Er rutschte von der Couch und hielt sich dabei an ihrem elastischen BH fest, der seinem Griff entglitt und mit einem Klatschen auf Nastis Oberkörper zurückschnellte. Im nächsten Moment spürte er einen Schmerz an seinen Hoden. Durch das Abrutschen hatte einer ihrer Fingernägel dem Hodensack eine Schramme zugefügt.

»Au!«, schrien beide gleichzeitig. Natascha stiegen Tränen in die Augen. Sie hielt ihre Hände vor ihre Brust und jammerte.

»'tschuldigung«, stammelte Rudi sich aufrappelnd.

»Mir … schlecht«, vernahm er.

»Was?« Rudi war noch auf den Knien.

Nasti sprang plötzlich auf, ihr Fuß stieß mit Wucht genau in Rudis Schritt. Er ging erneut zu Boden und spürte seinen Unterleib in einer weniger erregenden, dafür schmerzhafteren Intensität.

Seine Freundin verschwand durch eine Tür hinter der Couch, ohne zu wissen, was sich dahinter wohl verbergen würde.

Rudi, seine Hände zwischen den Beinen haltend, schnappte nach Luft und versuchte, sich aufzurichten.

Die Erektion war rasch abgeklungen. Sich aufrappelnd hörte er, wie sich Natascha hinter der Tür übergab. So laute Töne hatte er von ihr noch nie gehört. Kaum hatte er sich erhoben – seine Jeans unterhalb der Knie, eine Hand bei seinen beleidigten Hoden – stand sie plötzlich, um vieles bleicher, als sie ohnehin schon war, im Türrahmen. Tränen flossen über ihre Wangen, und Reste von Erbrochenem klebten an Mund, Kinn und Oberkörper.

»Kotzen … da … da …«, und sie zeigte zurück in den Raum, aus dem sie gekommen war. Dann brach sie weinend zusammen, kauerte im Türrahmen.

Rudi ärgerte sich über die ganze Situation, zog etwas beschämt und zu schnell die Hand aus seiner Hose, was ihn nochmals schmerzerfüllt zusammenzucken ließ.

»Na und? Ich hab auch schon oft geko…!« Er musste sich zusammenreißen, um nicht unfair zu werden. Sein Schmerz war allemal heftiger und nachhaltiger als Nataschas Theater über den BH und das Erbrochene. Er ging auf sie zu, um ihr aufzuhelfen, doch Nasti zeigte wieder hinter sich und schluchzte weiter.

Er stieg über sie hinweg und betrat einen kleinen Raum. Ein schlimmer Geruch kam ihm entgegen, und das Restlicht der Abenddämmerung reichte gerade, um die Szene zu erfassen. Er stand in einem winzigen Badezimmer direkt vor einer Toilette und einer schmalen Badewanne. In dieser lag ein lebloser Frauenkörper, nur mit einem Bikini bekleidet. Viel war von dem Körper nicht zu erkennen, da er überall mit Nastis Erbrochenem bedeckt und das Gesicht zum Teil durch ein Handtuch verdeckt war. Rudi konnte sich ebenfalls nicht mehr halten und erbrach in die Wanne. Er versuchte, mit den Händen zu verhindern, dass sich sein Mageninhalt über den Frauenkörper vor ihm ergoss, doch er war zu verwirrt und betrunken. Hilflos kniete er vor der Wanne und verwischte mit seinen Fingern die Flüssigkeit auf dem Körper der unbekannten Frau, der sich seltsam fremd und kalt anfühlte. Dann sank Rudi neben der Badewanne nieder und fing ebenso wie Nasti zu jammern und zu weinen an.

Erst die fast hysterischen Schreie von Natascha im offenen Türrahmen ließen ihn wieder zu sich kommen. Immer noch den dumpfen schmerzhaften Druck im Unterbauch, kroch er auf den Knien zu seiner Freundin. Es war ihm nicht klar, ob der Schnaps, der Schlag in die Hoden oder der grauenvolle Anblick im Badezimmer seine Übelkeit verursacht hatte und er sich übergeben musste. Wahrscheinlich alles zusammen.

Natascha sprang plötzlich auf, schnappte sich ihr T-Shirt und stürmte hinaus auf die Plattform, unter der sich die stützenden Pfähle und das Ruderboot befanden. Bald würde alles zur Gänze im Dunkeln liegen. Rudi lief ihr nach und sah, wie sie versuchte, das Boot unter dem Holz hervorzuziehen. Durch den erlittenen Schock fühlte er sich wieder nüchtern und hatte seine Sprachfähigkeit zurückerlangt. Er bedeutete ihr zu warten und holte rasch die Jacken aus der Hütte.

»Nasti, zieh dich an. Wir müssen kurz nachdenken.«

Er hockte sich vor sie, nahm sie an der Schulter und drehte sie um. So zärtlich hatte er sie selten berührt. Er schöpfte mit der Hand Wasser aus dem See und versuchte, ihr den Mund und die Brust zu säubern, ohne zu bemerken, dass sein eigenes Erbrochenes auf seinem Körper klebte.

»Lass das, ich kann das selber«, meinte sie schroff und schob mit angeekelter Miene seine Hand weg. Sie stieg eine kleine Holztreppe hinab und wusch sich, so gut es ging, mit dem Seewasser. Dann nahm sie Rudi ihre Jacke aus der Hand und zog sich an.

»Komm, schnell, wir müssen weg!«, sagte er auffordernd, nachdem auch er sich notdürftig gewaschen hatte. Auf dem Bauch liegend, zog er das Boot an dem Seil unter der Plattform heraus. Unbeholfen hob er ein Ruder, das ihm beim Einsteigen im Weg lag, heraus. Sich aufrichtend, drehte er es mit Schwung in der Luft herum und erwischte mit dem Ruderblatt die Schläfe von Natascha, die daraufhin mit einem kurzen erschrockenen Laut zur Seite ins Wasser fiel.

»Natascha?«

Stille.

2

Freitagabend
Rund um den Kopf

Das alte nasse Holzruder wurde aus dem Boot emporgehoben und herumgedreht. Die Bewegung schleuderte größere, kleinere und ganz winzige Wasserpartikel in die Luft. Verteilte diese auf alles, was sich in unmittelbarer Umgebung befand: Personen, Gegenstände, Holzbretter oder zurück auf die Wasserfläche.

Dazu gehörte auch Nataschas Körper. Ihre Arme, Beine und ihr Kopf. Die Partikel trafen ebenso Hautpartien, die nicht von Textilien geschützt waren. Die Oberhaut, die jene feinen Wassertropfen aufnahm, gab das kaum erspürte Auftreffen nicht an das Gehirn weiter. Es war ja nicht mehr, als die Schweißdrüsen im Gewebe der Haut selbst an Flüssigkeit produzieren konnten. Aus diesem Grunde war eine Information an das zentrale Nervensystem nicht notwendig.

Auch der feine Luftzug, der der Luftverdrängung des auf den Kopf zukommenden Holzblattes vorausging, konnte nur ganz leicht von der äußersten Hautschicht wahrgenommen werden. Da jeder Körper ständig geringfügigen Luftdruckveränderungen ausgesetzt ist, war in diesem Fall eine Weiterleitung der Information an das Gehirn unwichtig, obwohl es für Natascha nicht unbedeutend gewesen wäre. Je näher der Fremdkörper dem Kopf kam, desto größer wurde die Chance, es zu bemerken. Die Geschwindigkeit alleine machte dies unmöglich.

Es ging alles so rasch vonstatten, dass das Haupt der jungen Frau dem Ruderschlag völlig ungeschützt ausgesetzt war.

Das etwas schräg gehaltene Ruderblatt knallte auf die Schläfenpartie. Epidermis, Dermis und Subkutis, die drei Hautschichten, platzten in der angegebenen Reihenfolge auf, und die darin liegenden Schweiß- und Talgdrüsen wurden dadurch beschädigt oder zerquetscht. Die auseinanderklaffenden Wundränder stellten sich wellenförmig auf und verfärbten sich, angereichert mit dem wenigen Blut, das aus der Wunde trat.

Die Haut an Nataschas Stirn war lediglich von minimal schützendem, kaum sichtbarem Haar bedeckt, und unter den Hautschichten befand sich so gut wie kein Fettgewebe. Deshalb schlug der Holzkörper mit geringfügiger Abbremsung auf das Schläfenbein ein, verletzte neben weiteren Partien den Schläfenmuskel und beleidigte den Schläfen-Ohr-Nerv, den Nervus auriculotemporalis, auf das Schlimmste.

Der Schädelknochen ist in dieser Region im Vergleich zu anderen Stellen um vieles dünner. Somit übertrugen sich die durch den Schlag ausgelöste Erschütterung und Energie nicht nur auf das gesamte Kopfskelett. Nein, auch das darin befindliche und bis dahin friedlich in seiner Flüssigkeit schwimmende Zerebrum mit all seinen Funktionen bekam einen kräftigen Stoß verpasst. Enorm beschleunigt, stieß das Gehirn auf die dahinter liegende Schädelwand, prallte daran ab und suchte sich austarierend wieder seine ursprüngliche Lage. So wie bei alten Flipperautomaten durch ungestümes Rütteln das berühmte »Tilt« hervorgerufen wurde, schaltete die Zentrale unmittelbar auf Stand-by und ließ die Frau in eine Bewusstlosigkeit gleiten. Den Fall in das Wasser, das Erspüren der sie nun umgebenden Flüssigkeit konnte ihre Haut nicht mehr an die dafür zuständige Abteilung im Kopf melden. Genauso wenig wie andere Sinneswahrnehmungen.

3

Samstag, früher Vormittag
Buchberg bei Seewalchen

Das Mädchen saß auf einem weißen weichen Teppich mit langen Fransen. Diese Stelle im Wintergarten war seit Kurzem zu ihrem Lieblingsplatz geworden. Sie versank in ihrer Fantasiewelt. Umgeben von einer für ihr Alter zu großen Anzahl an Spielsachen. Im Moment war sie mit den Kleidern ihrer Puppen beschäftigt, von deren sie mehr als genug hatte. Am liebsten waren ihr die neuen, teilweise fast kitschigen Plastikpuppen, denen sie beim Spielen immer wieder verschiedene Namen gab. Die selbst gemachte gesichtslose Unisex-Puppe ihrer Großmutter, *Montessori*-Kindergärtnerin, blieb meist unberührt im Vorhaus in einem alten, zur Dekoration aufgestellten Puppenwagen zurück. Nur bei Enkelbesuchen wurde ihr dieses pädagogisch wertvolle Spielgerät, mit inzwischen bestickten Augen, dafür ohne Nase und Mund, von den Eltern als Spielzeug aufgezwungen.

Ihre Mutter war zu einer Nachbarin gelaufen, um sich etwas für die Küche zu besorgen. Es war nie ein Problem, das kleine Mädchen für kurze Zeit alleine zu lassen. Meist blieb es, wo es sich befand, und war mit seinen beinahe vier Jahren sehr vernünftig.

Ganz leise summte Claudia eine Melodie und strich das rosa Kleid ihrer Puppe glatt, nachdem sie es über den Plastikkopf und Körper gezogen hatte. Etwas von draußen lenkte Claudias Aufmerksamkeit ab. War es ein Vogel? Oder eine Katze? Gar eine Katze, die einen Vogel jagte? Sie sah durch die gläserne, nur angelehnte Terrassentür. Die Neugier lockte sie in den Garten, in dem sich der Frühnebel, der oft bis zum späten Vormittag über dem See lag, langsam lichtete. Die Puppe in der Hand erhob sie sich, bewegte sich zur Tür und drückte sie nach außen auf.

Ohne sich umzudrehen, ging die Kleine hinaus. Trat mit ihren schwarzen Kinderschuhen auf das noch feuchte Gras. Sie hörte Vogelgeschrei, konnte es aber, da sie zu jung war, nicht richtig zuordnen. Sie lief über die Wiese auf die Lärmquelle zu. Die Puppe glitt ihr aus den Fingern und blieb einsam im Grünen liegen. Das Grundstück zog sich sanft abfallend zum See hin. Claudia näherte sich dem Ufer und sah durch die letzten abziehenden Nebelschwaden schwarze Krähen aufgeregt am und im flach ausufernden Wasser hin und her hüpfen.

Das Mädchen hob beide Hände in die Höhe und rief: »Flieg Vogerl, flieg!«

So, wie sie es im Kindergarten gelernt hatte. Eine Krähe flog tatsächlich davon, doch zwei weitere krächzten und pickten an etwas herum, das halb im Wasser lag. Claudia trat näher. Grober, von Menschenhand angeschütteter Kies führte vom Trockenen ins Nasse hinein. In dieser Bucht lief der See seicht am Ufer aus. Das

Mädchen bewegte sich auf das im Wasser Liegende zu. Spürte die Feuchtigkeit an den Füßen und zog sich die Schuhe aus, die sie ordentlich nebeneinander ins Gras stellte, so wie es ihr Vater an der Garderobe tat, dessen Ordnungsliebe manchmal an Besessenheit grenzte. Schließlich stieg sie in das ihre Fußknöchel umspielende Wasser, ging in die Knie und zog an den langen Haaren, die im Nassen breit gefächert, wie kunstvoll drapiert, anzusehen waren. Sie kannte dies von einer ihrer Puppen, die sie meist als Nixe verwendet, wenn sie sie mit in die Badewanne nahm.

Es war ein menschlicher Körper, der mit dem Gesicht nach unten halb im Wasser, halb am Ufer lag. Die sanften Wellen hoben ihn ständig auf den Kies ins Trockene und zogen ihn wieder ein Stück zurück.

Eine Krähe saß auf dem durch die Strömung freigelegten Hinterteil, hielt den Kopf schräg und blickte verunsichert und nervös auf das zarte Menschlein am Ufer. Der Vogel spannte die Flügel aus, schlug damit einmal, zweimal, als ob er wegfliegen würde, und faltete sie schließlich wieder zusammen. Dabei hob er abwechselnd die Krähenfüße, um die Krallen erneut fester in das blasse Fleisch zu versenken. In Sekundenschnelle hackte der Vogel in die nackte Haut unter sich. Hob darauf drohend den Kopf, einen Hautfetzen aus dem Schnabel hängend, nur um zu sehen, ob ihm das neu angekommene, fremde Wesen den riesigen Leckerbissen abspenstig machen wollte. Ein kurzes, einschüchterndes Krächzen, das Mensch zu verstehen geben sollte, sich möglichst rasch zu entfernen.

»Nicht schimpfen!«, sagte das Mädchen, deutete der Krähe mit erhobenem Zeigefinger und legte die Stirn in Falten, ihre zweite, nicht *Montessori* geschulte Großmutter nachahmend. Anschließend zog sie nochmals fest an den Haaren, und der leblose Körper schlenkerte seitlich ans Ufer. Die Krähe holte sich weitere Happen aus dem Oberschenkel, da die Hose durch die Kraft des Wassers und der Wellen unter die Gesäßbacken geschoben worden war.

Inzwischen konnte Claudia mehr von der Leiche sehen, welche sich durch das Ziehen an den Haaren zu ihr gedreht hatte. Mit einer Hand hielt sie diese fest im Griff, mit der anderen streichelte sie die Wange des Leichnams. Den Tonfall ihrer Mutter imitierend, flüsterte sie: »Aufwachen, mein kleiner Liebling!«

Sie fuhr weiter mit den Fingern über das leblose Gesicht, ohne die Wunde an der Stirn zu berühren, die vom Wasser stark aufgeweicht und an den Wundrändern beinahe farblos ausgewaschen war. Zärtlich berührte sie die Nase, die Partie um die geöffneten Augen, die zwar ins Leere starrten, aber nichts Grauenvolles oder Unheimliches ausstrahlten.

Die Mutter kam mit einer Packung Reis in der Hand in die Wohnung zurück, die in wenigen Augenblicken zu Boden fallen und aufplatzen würde.

»Claudia, bin schon wieder da! Spielst du schön mit deiner …«

Sie sah den verlassenen weißen Teppich mit den Spielsachen, die herumliegenden Puppenkleider und die offene

Terrassentür. Sowie etwas Kleines, das draußen im Gras lag, von hier aus nicht klar erkennbar. Jetzt ließ sie die Packung fallen, das Plastik platzte auf, und der Reis verteilte sich über den Parkettboden und Claudias Spielteppich. Die Mutter registrierte es beiläufig aus den Augenwinkeln, da sie bereits bei der Tür war und hinausstürmte.

Die Zeit schien sich zu verlangsamen, ihr Geist willentlich dem Körper um Sekunden, ja Minuten vorauseilend. Diese zwei Zeitebenen nahm sie wie in Zeitlupe wahr, scheinbar losgelöst von ihrem physischen Dasein.

»Claudia! Claudia! Nein, bitte nicht …«

Wie aus Endzeitfilmen bekannt, lag vor ihr einsam eine Puppe im Gras, als wäre sie ein zurückgelassenes Relikt, welches auf ein unbekanntes tragisches Einzelschicksal hinweisen sollte. Für sie war dieses Fundstück jedoch mit persönlichen Empfindungen verknüpft. Im Augenblick gepaart mit unaussprechlicher Angst.

Sie hob die Puppe auf und drückte sie fest an ihre Brust, als wäre es das Letzte, was von ihrer Tochter auf dieser Welt übrig geblieben war. Tränen liefen ihr plötzlich über die Wangen, sie holte tief Luft, um nochmals nach Claudia zu rufen. Getraute sich kaum, zum Wasser hinunterzugehen, da sie schlimmste Vorahnungen peinigten.

Während sie sich an Erleichterung bringende Atemübungen eines vor längerer Zeit absolvierten Yogakurses erinnerte und geräuschvoll seufzend ausatmete, drang ein vertrauter Laut in ihr Bewusstsein.

Die Verkrampfung löste sich, um bald darauf erneut einzusetzen. Sie erkannte die Stimme ihrer Tochter, die vom Ufer her zu hören war. Seltsamerweise vernahm sie ein Lied, das der Vater, sofern er mal zu Hause war, der kleinen Claudia jede Nacht am Bett vorsingen musste. Noch nie hatte sie es so deutlich aus dem Munde ihres Kindes gehört.

Morgen früh, wenn Gott will,
wirst du wieder geweckt.
Morgen früh, wenn Gott will,
wirst du wieder geweckt.

Es war Teil einer Strophe des berühmten Schlafliedes »Guten Abend, gute Nacht« von Johannes Brahms, welches Claudia sich, in Abwesenheit des Vaters, auf ihrem alten Kassettenrecorder anhörte.

Den Recorder hatte sie Großvater vor einem halben Jahr mitsamt ein paar Kassetten abgebettelt. Sie war fasziniert von diesem Gerät, das, irgendwelche Spulen drehend, Musik und Stimmen ausspuckte. Die Aufnahmefunktion war leider defekt. Das Lied konnte sie inzwischen auswendig, auch wenn sie die genaue Bedeutung aller Wörter nicht sinnhaft erfassen konnte. Sie hörte es sich auch manchmal tagsüber in trauriger Stimmung an. Die Erkenntnis und der Vergleich, dass Claudia in ihrem Empfinden und Verhalten anders als gleichaltrige Kinder war, fehlten ihr noch. Erst im Frühjahr würde ein geeigneter Kindergartenplatz für sie frei werden.

Nun versuchte Claudia, die Leiche mit dem melancholischen Lied und Streicheleinheiten zu trösten, obwohl diese offenbar nicht gewillt war aufzuwachen. Nicht wissend, dass wenige Meter entfernt ihre Mutter ebenso ein totes Ding, welches die Puppe ja war, an sich gedrückt hielt.

Durch das Erfassen der Stimme ihrer Tochter entglitt die Puppe den Fingern der Verzweifelten und landete weich im hohen Gras, das ihr Mann vor der Geschäftsreise zu mähen verabsäumt hatte. Zum zweiten Mal an diesem Morgen ließ jemand das Spielzeug im Grünen zurück, um sich dem See zu nähern.

»Claudia, was machst du denn …«

Ihre Gedanken waren noch mit schlimmen, unheilvollen Bildern ihrer Fantasie befüllt. Doch was sie jetzt erblickte, überstieg ihre Vorstellungskraft. Lautlos sank sie auf die Knie und rutschte im feuchten Gras auf ihre Tochter zu. Beide Arme nach vorne gestreckt, die dadurch entstehenden grünen Spuren auf den Hosenbeinen der grauen Leggings nicht beachtend.

Ihr einziges Kind saß in seinem blau-weiß getupften Kleid mit dem Gesäß gerade noch im Trockenen. Die Füße im Wasser, auf dem Schoß der Kopf einer Leiche, deren Wange es immer wieder langsam streichelte und dabei ein weiteres Mal das Schlaflied summte.

Endlich hatte die Mutter das Mädchen erreicht. Unfähig etwas zu sagen, zog sie es unter dem toten Körper hervor und presste es, sich erhebend, fest an ihre Brust wie vorher die Puppe. Die Tränen hatten ihr Make-up aufgeweicht und verschmiert. Verwirrt und zornig blickte sie auf den Leichnam, als ob dieser ihr die einzige Tochter wegnehmen würde. Die Krähen, die bisher unruhig hin und her gehüpft waren, flogen kurz auf, wobei eine neben ihrer Nahrungsquelle landete, aufgeregt krächzte und sich einen weiteren Happen mit ihrem scharfen Schnabel holte.

»Mama! Aua! So fest!«

Jetzt erst merkte die Mutter, dass sie ihrem Kind die Luft abschnürte, und lockerte ihren Griff.

»Mann ist ganz kalt. Hat Aua am Kopf. Ist sehr müde«, sagte das Mädchen und deutete auf den leblosen männlichen Körper, dessen Füße im Nassen hin und her schlenkerten. Genauso wie sein frei gelegtes Geschlecht, das durch den Schub der sachten Wellen wiederholt in das Wasser getaucht wurde.

4

Etwas später
Litzlberg, bei Seewalchen

Revierinspektor Zufall hatte soeben einen zu schnell fahrenden alten Ford Escort an den Straßenrand gewunken, als sein Funkgerät auf sich aufmerksam machte.

»Werner, schnell, melde dich!«

Der Polizist hörte den Funkspruch, da er das Seitenfenster geöffnet hatte. Mit einem Wink ließ er den Autofahrer wissen, dass dieser zu warten habe, und beugte sich, ohne die Tür zu öffnen, in den Wagen, um seinem Kollegen zu antworten.

»Ja, Robert. Fehle ich dir schon? Wir haben doch erst vor eine Stunde Kaffee getrunken. Was ist …«

»Lass den Blödsinn, Werner! Fahr sofort nach Buchberg, Christa Litzlbauer, unterhalb der Kirche, am Ufer treibt eine Leiche im Wasser! Ein Kind hat sie angeblich gefunden. Ich habe bereits alle verständigt!«

»Ist schon wer dort oder bin ich der Erste?«, antwortete Zufall etwas genervt und irritiert.

»Keine Ahnung, wer schneller ist. Also, fahr bitte einfach dorthin! Kann ich mich auf dich verlassen?«

Robert Preuner war Werners Freund und Vorgesetzter und schätzte ihn auch als Polizisten. Er wusste, dass sein Untergebener Angst vor Leichen hatte und solche Situationen deshalb am liebsten vermeiden würde. Vor einem Jahr hatte Zufall gleich zwei Tote in einem Fall, was ihn eine lange Zeit belastete. Kurze Angstattacken und Schlafstörungen. Nach ein paar Sitzungen mit einem Psychologen aus Ebensee schien er das Erlebnis weitgehend verarbeitet zu haben. Nun bekam er die Möglichkeit zu zeigen, wie weit er damit abgeschlossen und was er drauf hatte. Werner Zufall war mit Leib und Seele Polizist, könnte niemals einen perfekten Kriminalbeamten abgeben, was er auch nie vorhatte. Dazu nahm er vieles zu emotional und persönlich. An diesem Morgen war er jedoch der Einzige, der im Moment verfügbar war.

Der Revierinspektor bestätigte den Auftrag mit den Worten:

»Ja, ich bin in ein paar Minuten dort.«

Er unterbrach die Verbindung, ging auf das gestoppte Fahrzeug zu, in dem ein grauhaariger Fahrzeuglenker mit einer Hand nervös auf seinem Lenkrad herumklopfte. Mit der anderen hielt er eine Zigarette, die er sich während der Wartezeit angesteckt hatte. Der Beamte sah auf dem Beifahrersitz neben einer angebrochenen Zigarettenschachtel eine Tafel Schokolade und eine Packung Tampons liegen, jene mit der blauen Aufschrift, die sogar jeder Mann kennt.

»Ich muss sofort weg. Sie haben Glück gehabt! Nächstes Mal fahren Sie langsamer, alles klar?«

Der Fahrzeuglenker ließ ein erleichtertes Lächeln

aufkommen und zeigte dem Polizisten den Daumen nach oben.

»Klar – danke!«

Mit dem Rat, vorher die Zigarette auszumachen, denn es fahre sich einfach sicherer ohne etwas Glühendem in Händen, drehte Zufall dem Mann den Rücken zu und stieg in seinen Streifenwagen. Ließ den Motor an und rollte langsam an dem angehaltenen Wagen vorbei, in dem der Lenker dabei war den Glimmstängel auszudämpfen.

Kurz überlegte Werner, ob er das Signalhorn einschalten sollte, entschied sich aber dagegen und betätigte lediglich das Blaulicht.

Da er keine Ahnung hatte, zu welcher Adresse er fahren sollte, funkte er in die Zentrale der Polizeistation in Schörfling, dem Nachbarort von Seewalchen, wo er sich gerade befand.

»Robert, habe ich die Adresse vergessen, oder hast du sie mir aufs Handy geschickt?«

»Das Gebäude hat keine Hausnummer. Nach der Kirche in Buchberg den Hügel runter, das dritte Haus links. An einer Fensterscheibe klebt eine Kinderfigur, hat mir die Frau am Telefon erklärt. Ich habe das Landeskriminalamt informiert, wobei wir noch nicht wissen, ob ein Verbrechen vorliegt. Check das mal! Bis später!«

In Buchberg angekommen war es ein Leichtes, das Haus zu finden. Drei Frauen standen beieinander und gestikulierten wie wild, als sie den Polizeibeamten sahen. Er ließ aus Sicherheitsgründen das Blaulicht am Wagen weiter rotieren. Kaum ausgestiegen, wurde er von dem weiblichen Empfangskomitee verbal in Beschlag genommen und zum Haus dirigiert. Durch die Tür in einen Gang hineingeschoben.

»Da vorne im Wintergarten sind sie«, waren die einzigen Worte, die er in diesem aufgeregten und chaotischen Gegacker verstehen konnte. Er hasste es, wenn sein Arbeitstempo fremdbestimmt war.

Vor ihm tat sich ein hell erleuchteter Raum auf. Die Sonne, die den Kampf gegen den Frühnebel gewonnen hatte, blendete ihn derart, dass er kaum die Gestalten auf und neben dem Teppich wahrnehmen konnte.

»Sorry – sind Sie …?«

Wer sollten diese Personen sein? Er wusste ja nichts über das Vorgefallene und die Beteiligten.

»Ist das das Kind?« Er deutete auf ein kleines Mädchen, das auf einem weißen Teppich vor ihm saß und versuchte, einer Puppe ein Kleid an- oder auszuziehen.

Unter seinen Schuhen knirschte etwas, er konnte jedoch nicht eruieren, was es gewesen war, da sich eine neben dem Kind sitzende Frau erhob und ihm die Hand reichte: »Ich heiße Karin Reiter, die Nachbarin. Ich passe auf die kleine Claudia auf. Die Mutter ist unten am Wasser. Sie wissen schon. Bitte einfach durch diese Tür über die Wiese hinunter zum See. Danke, dass Sie so schnell gekommen sind.«

Was sollte er »schon wissen«?

Erneut wurde er durch eine Tür geschoben, begleitet von den Geräuschen unter seinen Schuhen. Und wieder hatte er keine Chance, diesem irritierenden Knirschen nachzugehen. Er ging über die Wiese und wollte nach der Mutter rufen. Kurz musste er nachdenken, welchen Namen ihm sein Freund durchgesagt hatte. Doch gleich offenbarte sich ihm die Gedankenbrücke, die er gelegt hatte: Litzlbauer. So wie Litzlberg, die vor Buchberg gelegene Ortschaft.

Auf dem Weg zum See, dessen Blick von hier aus mannshohe Büsche verbargen, trat er mit seinen schweren Schuhen auf eine Puppe. Durch das feuchte hohe Gras wurde der Puppenkopf ins weiche Erdreich gedrückt, statt zu zerbrechen. Er beugte sich hinunter, hob das Spielzeug auf, wusste aber nicht, wohin damit. So steckte er es spontan in eine Seitentasche der Uniformjacke.

Nun konnte er das Ufer ausmachen. Links und rechts war das Seegrundstück von zwei mächtigen Bäumen eingegrenzt, ohne direkte Sicht auf die Nachbargrundstücke. Da er sich mit der heimischen Flora nicht auskannte, war für ihn das Bestimmen dieser Bäume und Sträucher unmöglich. Auch nicht wichtig für ihn. Dafür kannte er sich im Weltall gut aus. Das Sonnensystem mit seinen Planeten, Monden, Milchstraßen und vielem mehr. Und er war ein Kenner des *Star-Wars*-Universums, was nur Filmfreaks dieser monumentalen Kinofilm-Serie vorbehalten war.

»Hallo, ist da jemand?« Er ging bis zum Ufer vor und vernahm eine weibliche Stimme von der linken Seite.

»Geh weg! Bleib, wo du bist! Lass meine Tochter in Ruhe!«

Das Schauspiel, das sich ihm bot, war grotesk.

Eine Frau stand mit rot-weiß gepunkteten Gummistiefeln, verschmutzten Leggings und einer bunten

Bluse im Seichten vor dem Nachbargrundstück und kämpfte mit einem Strohbesen gegen einen Körper, der im Wasser trieb.

Das wird wohl die Mutter des Mädchens sein, mutmaßte Werner Zufall.

Die Leiche, um die sich das seltsame Schauspiel drehte, wollte nicht ans Ufer, wohin sie die Frau mit ihrem Strohbesen immer wieder hinzutreiben versuchte. Dabei standen der sichtlich Verzweifelten die Haare wirr vom Kopf ab. Geflossene Tränen hatten ihre Wimperntusche mit dem verschmierten Make-up zu einer furchtbaren Maske vereint. Dem Revierinspektor drängte sich bei diesem Anblick das Bild einer modernen Hexe mit ihrem alten Zauberbesen auf, wie man sie in verschiedenen Filmen sah.

»Halt, was machen Sie da? Lassen Sie den Toten in Ruhe!«, rief Zufall hinüber, unsicher, wie er diesem Treiben Einhalt gebieten sollte.

Überrascht und verwirrt sah die Frau auf, als ob er ihr etwas Schlimmes zugerufen hätte.

»Meine Tochter … der Tote … sie hatte ihn im Arm … verstehen Sie … er soll da weg!« Wieder begann sie, mit dem Besen die Leiche zu bearbeiten.

Verdammt! Unschlüssig, was er machen sollte, lief er hin und her und rief der Frau zu aufzuhören. Hilflos, als ob das Wasser gefährlich wäre und das Ufer für Uniformierte eine gesetzliche Grenze bildete, die sie nicht überschreiten durften. Da die Mutter, für ihn in diesem Moment eine Wahnsinnige, nicht aufgab, blieb ihm nichts anderes übrig, als sich die Schuhe auszuziehen. Um ins Wasser zu steigen, krempelte er die Hosenbeine der blauen Hose nach oben. Plötzlich läutete das Diensthandy in seiner Brusttasche.

»Ja, was ist?«

»Hier Robert, was ist dort los? Was brauchst du?«

»Die Frau ist verrückt! Die fegt mit einem Besen eine männliche Leiche durchs Wasser. Ich brauche nicht nur den Hausarzt, sondern auch noch einen Irrenarzt und einen Bestatter. Und Badetücher!«

»Was? Bist du jetzt auch übergeschnappt?«

»Nicht, dass ich wüsste. Aber die Frau hier, die Mutter …«

»Sichere den Fundort, beruhige die Frau! Ich schicke dir einen Notarztwagen und das K.I.T.. Ist das LKA erforderlich?«

K.I.T. war die Abkürzung für das Kriseninterventionsteam, und LKA bedeutete Landeskriminalamt.

»Keine Ahnung. Konnte den Toten noch nicht sichern. Weiß nicht, wie ich das machen soll. Er ist jetzt am Nachbargrundstück … also eigentlich im Wasser davor. Wenn die Verrückte so weitermacht, können wir ihn in ein paar Stunden am Rechen der Wasserregulierung am Seeauslauf herausfischen. Besenrein!«

»Bleib ruhig. Verstärkung ist bereits unterwegs, ich fahre selber auch gleich los! Versuch, alles im Lot zu halten!«

Preuner, der ihn gut kannte, schätzte richtig ein, dass er wirklich dringend Unterstützung benötigte.

Inzwischen hatte sich die Mutter des Kindes ein bisschen beruhigt. Die Störung, vor allem sein Auftreten als Polizist, schien sie zur Vernunft gebracht zu haben. Die Leiche trieb zwischen den Pfosten des übernächsten Bootssteges und schien aus dem hölzernen Gefängnis nicht mehr herauszukommen.

Frau Litzlbauer stieg neben dem Polizeibeamten aus dem Wasser, blickte zuerst auf seine nackten Füße und dann vorwurfsvoll in sein Gesicht. Als wäre er so dreist, hier auf einem Privatgrundstück baden gehen zu wollen.

»Sie brauchen jetzt nicht mehr ins Wasser«, sagte sie und schickte sich an, zum Haus hinauf zu stapfen.

»Haben Sie zufällig einen Karabiner und eine Leine?«

»Was?«

»Einen Karabiner. Sie wissen schon, einen Sicherheitshaken. Und eine Schnur oder ein Seil zum Vertäuen.«

»Ja, hier im Schuppen«, antwortete sie emotionslos und zeigte auf eine kleine Holzhütte rechts unter dem Baum, die dem überforderten Polizeibeamten vorher gar nicht aufgefallen war.

»Könnten Sie mir bitte die Sachen holen? Ich muss den Toten verankern, für die Kollegen. Sie verstehen schon.«

»Ja, wenn Sie meinen.«

Wieder ein missgelaunter Blick, trotzdem holte sie die verlangten Dinge und überreichte sie ihm. Zufall krempelte seine Uniformhose bis über die Knie hoch und stieg, mit dem Karabiner und dem Seil bewaffnet, wieder ins kühle Wasser.

»Gehen Sie hinauf zu Ihrer Tochter. Die Nachbarin kümmert sich um sie. Ich mach das hier. Meine Kollegen werden gleich da sein. Es kommt alles wieder in Ordnung!«

Er hatte vor, sie mit diesen Worten zu beruhigen. Das Gegenteil war leider der Fall.

»Claudia? Geht es ihr gut?«, rief sie panisch und lief, so flink sie es mit den bunten Gummistiefeln schaffte, zum Haus hinauf.

»Es wird alles wieder gut«, wollte er ihr nachrufen, sprach es aber doch mehr zu sich selbst.

Ein aufmunternder Spruch, den seine Cousine, die in Tirol lebte, häufig von sich gab. Wenn es bloß so einfach wäre!

Stehen bleiben, beobachten, Zeit lassen, sich langsam dem Toten nähern, ihn als ernst zu nehmende und wichtige Sache annehmen. Er kann und möchte Ihnen nichts tun. Sie können helfen! Helfen, indem Sie ihn bergen und sicherstellen. Es gibt keinen Grund, Angst zu haben. Sie haben alles unter Kontrolle. Ihren Körper und Geist. Sachlich herangehen, Ihr Vorgehen ist eine Notwendigkeit. Betrachten Sie den Verstorbenen genau, jeder Hinweis, den Ihnen der leblose Körper gibt, ist wichtig. Vergessen Sie nicht, Sie helfen dem Toten. Er würde es wollen, dass Sie ihn von dort wegholen, wo er gefunden wurde …

Als wäre die Sitzung mit dem Psychologen erst gestern gewesen, so deutlich waren ihm die Worte in Erinnerung. Und es war für ihn sinnvoll und zielführend, was er ihm beizubringen versucht hatte.

Er kämpfte sich zum Leichnam vor, der mit dem Rücken nach oben im Wasser trieb. Zwischen den hölzernen Pfosten hatte er anscheinend seinen derzeitigen Ruheort gefunden.

Werner ergriff zügig ein Bein und zog ihn unter dem Steg hervor. Watete mit ihm im Schlepptau zum vermeintlich ersten Fundort zurück. Tief ein- und ausatmen, sich nicht von der eigenen Angst leiten lassen. Mit versteinerter Miene, um es rasch hinter sich zu bringen, drehte er ihn um und befestigte den Karabiner und die Leine am Gürtel des Toten. Das andere Ende würde er anschließend auf dem schmaleren Steg des Anwesens der Familie festknoten. Diese Verrichtung zwang ihn, sich mit dem Gesicht dem freiliegenden Geschlecht der Leiche zu nähern, da die Hose zur Gänze unter die Knie gezogen worden war. Dabei fiel ihm auf, dass der Mann auf dem Unterbauch den Kopf eines Elefanten tätowiert hatte, bis knapp über dem Penisansatz, der in seiner natürlichen Verlängerung den Rüssel des Elefanten darstellte. Er sah nochmals hin, um herauszufinden, ob sich die Tätowierung weiter nach vorne zog, und stellte sich dabei schaudernd sich selbst nackt auf einem Tätowierstuhl liegend vor. Kurz war er sogar versucht, seine Hand zur genaueren Inspizierung zur Hilfe zu nehmen.

»Werner? Du bist kein Urologe. Und der Gerichtsmediziner kommt erst später.«

Sein Vorgesetzter hatte ihm vom Ufer aus zugerufen.

Zufall fuhr hoch. Erschöpft, erleichtert und peinlich berührt atmete er deutlich hörbar aus. Endlich waren die Kollegen eingetroffen. Er befestigte das zweite Ende der Leine mit einem Seemannsknoten am eisernen Ring, der normalerweise für Boote vorgesehen war.

Mit nasser Hose, bis zum Schritt hinauf, stieg er unbeholfen aus dem See. Erst jetzt wurde ihm bewusst, wie kalt das Wasser war. Seufzend setzte er sich auf die Wiese, um seine Schuhe anzuziehen.

»Warte, Werner, du musst nochmals zurück, denn von uns will sich niemand mehr nassmachen. Es ist mir nämlich nicht klar, warum du den Toten an die Leine genommen und nicht gleich auf das Seegrundstück herausgelegt hast. Eine Leiche kann und muss man nicht im Wasser sicherstellen. Also zieh ihn bitte hier heraus.«

Ein diensthabender Arzt aus der Gegend, der herbeigerufen worden und Preuner gefolgt war, deutete auf den erneut im See stehenden Polizisten.

»Nehmen Sie immer Ihre Spielsachen mit in die Arbeit?«

Jetzt bemerkten alle Anwesenden, dass aus der Seitentasche von Revierinspektor Zufall die schlanken Beine einer *Barbiepuppe* ragten.

5

Buchberg

Stunden später waren die Taucher mit dem Absuchen des umliegenden Seegrundes fertig. An diesem Tag standen keine Polizeitaucher zur Verfügung, da diese auf der Donau einen Einsatz hatten, um Umweltsündern unter den Frachtschiffern auf die Schliche zu kommen. Deshalb wurden Profis der hier am Attersee errichteten Tauchschulen gebeten auszuhelfen. Männer mit genug Erfahrung, was das Bergen von Toten aus den Tiefen des Sees betraf. Sie waren bei Tauchunglücken meist die ersten Helfer vor Ort, die bei der Suche manchmal ertrunkene Taucher aus früheren Jahren fanden und bargen.

Revierinspektor Zufall sagte oft zu Freunden und Bekannten: »Der See holt sich alle Jahre seine Opfer, einen Toten gibt es mindestens.«

Man könnte meinen, Zufall habe die Berg-Hymne »Der Watzmann« des österreichischen Liedermachers Wolfgang Ambros auf den See umgelegt.

»Ja, ja. Wen er ruft, den holt er sich. Der See.«

Die Taucher hatten neben einer Flasche Rotwein und ein paar alten Schuhen nur noch eine kleine Frauenhandtasche mit einem Schlüsselbund aus dem Wasser gehoben, was im Wintergarten der Familie Litzlbauer auf einem Tisch aufgereiht wurde. Der weiße Spielteppich war zusammengerollt, um Platz für eine spontan eingerichtete Einsatzzentrale zu schaffen. Die Spurensicherung würde sich bald mit den Fundstücken aus dem See beschäftigen. Die Reiskörner waren hinter den großen Vorhang rechts von der Glastür auf ein Häufchen zusammengeschoben worden. Doch einige steckten bereits im Profil der Schuhsohlen der Polizisten und Kriminalbeamten, die inzwischen hier eingetroffen waren, und so fand das Knirschen immer noch kein Ende.

Die Mutter und ihr Kind wurden vom Kriseninterventionsteam des *Roten Kreuzes* betreut und bei der hilfsbereiten Nachbarin oberhalb der Straße untergebracht, solang die Untersuchungen vor Ort nicht abgeschlossen waren. Der Vater, Gernot Litzlbauer, war auf Geschäftsreise und wurde erst am nächsten Tag zurückerwartet.

Da Abschürfungen im Gesicht und eine Platzwunde auf dem Kopf des unbekannten männlichen Leichnams auf Fremdeinwirkung schließen ließen, hatte Kontrollinspektor Preuner das Landeskriminalamt samt Spurensicherung und Tauchern angefordert. Nun war er wieder abgezogen, da er am Posten in Schörfling gebraucht wurde.

Müllner, der Leiter des LKA, bat um Werners Mithilfe, da er als Ortsansässiger die Ermittlungen mit »Wissen vor Ort« unterstützen konnte. Zwei Polizeiboote und die Wasserrettung waren im Einsatz, um die Gegend zu inspizieren, auch wenn das zu Wasser schwieriger war als zu Lande. Zufall, der gleich zu Beginn seiner Karriere als Gesetzeshüter den Motorbootführerschein erworben hatte, legte mit dem Boot vom Steg der Familie Litzlbauer ab. Er steuerte die angrenzenden Bootshütten an. Ein junger Kriminalbeamter namens Friedhelm begleitete ihn. Sportliche Figur, frisch von der Akademie, war es für ihn der erste Einsatz im Außendienst.

Ihr Boot näherte sich den Grundstücken südlich des Fundortes, und der Kripo-Beamte suchte mit einem Fernglas die Bootsstege, Badehütten und Badeplätze ab.

Zufall rief über das Motorengeräusch hinweg dem jüngeren Kollegen zu:

»Euer Chefinspektor, der Müller, oder so? Ist das *der* Müller?«

»Nein, unserer heißt Müllner Tobias. Und frage ihn bitte nicht danach. Er muss andauernd erklären, dass er *nicht* der berühmte Profiler ist.«

Ja, das kannte Werner auch. Er musste ebenfalls ständig bestätigen, dass sein Name kein Wortspiel war. Die meisten Leute erklärten ihm dann, dass er Glück gehabt hätte, dass sein Vorname nicht Rainer sei, denn sonst, haha und hihi, würde er reiner Zufall sein, wäre das nicht …

Bei solchen Gegebenheiten konnte er als Polizist manche unvorhersehbaren Gewaltdelikte von unbescholtenen Bürgern verstehen, jedoch nicht gutheißen und tolerieren. Um diesen ewigen Zufall-Fragen auszuweichen, stellte er sich meistens als Revierinspektor Werner vor, wenn sein Name nicht wirklich von Belang war. Und der arme Bursche neben ihm, Friedhelm, war sicherlich in der Schulzeit ebenso großem Spott ausgesetzt gewesen. Wer hieß denn heute noch Friedhelm. Die Beweggründe mancher Eltern hätte er in solchen Fällen gerne einmal hinterfragt.

Viele Holzhäuser am Attersee stehen auf hölzernen Pfählen. Evolutionsbedingte Luxusvarianten von Pfahlbauten der ersten Ansiedler vor 6.000 Jahren. Zufall dachte sich oftmals bei seinen Bootsfahrten über den See, dass sich manches im Laufe der Jahrtausende nicht verändert hatte hier im Salzkammergut.

Bei einem Badehaus, einem größeren Holzhaus auf Pfählen, bemerkte der das Ufer absuchende Beamte eine offenstehende Tür, und forderte seinen Bootsführer auf, dort anzulegen. Nachdem Friedhelm ausgestiegen war und tatsächlich ohne Gewalt in das Gebäude eindringen konnte, sah Zufall zu den anliegenden Grundstücken und bemerkte in weiterer Entfernung eine Zille mit einem Motor.

Genauso eine hätte er gerne. Davon träumte er seit Langem. Er genoss es, sich mit dem privaten Ruderboot eines Gastwirtes aus Weyregg alleine auf dem Wasser zu bewegen. Die Morgen- oder Abendstunden waren die ruhigsten. Besonders im Winter liebte er es, sich allein auf dem See zu befinden. Dick eingemummt, wärmende Stiefeln an den Füßen, mit wenigen Ruderschlägen vom Ufer wegzugleiten und sich am eisigen Wasser treiben zu lassen. Die Natur genießen. »Seelenfrieden« nannte er für sich diesen Zustand der völligen Stille und des Innehaltens. Wenn der winterliche Dampfnebel über dem See dahinzog und sein Boot umhüllte. Selbst der Tod konnte nicht friedlicher und schöner sein, als über den Seespiegel zu blicken, einfach nur zu sein. Eremitenhaft, wenn auch für einen kurzen Zeitraum. Und in so einer Zille, wie er sie eben in einiger Entfernung entdeckt hatte, wollte er dem Seelenfrieden und der Natur noch näher sein. Doch die hohen Kosten des Bootes und das fehlende Seegrundstück, beziehungsweise das dazu benötigte, jedoch nicht vorhandene Bootshaus, hielten ihn davon ab, sich selbst eines zuzulegen. Die Zille bewegte sich von ihnen weg. Wahrscheinlich ein Fischer, der die Netze ausgeworfen hatte.

Ein erschrockener Ausruf holte Zufall aus seinem Tagtraum zurück. Der Kollege stürmte aus dem Bootshaus, stützte die Hände an der schmalen Balustrade ab und schrie in die Welt hinaus.

»Da ist noch eine Leiche!«

Dann, etwas leiser zu Zufall, der sich in dem im Leerlauf befindlichen Polizeiboot befand:

»In einer Badewanne liegt eine Tote, und es stinkt fürchterlich!« Er zog mit zittrigen Fingern das Diensthandy aus der Tasche, um sofort seinen Vorgesetzten zu informieren.

Werner stellte den Motor ab, vertäute das Boot am Geländer des Stegs und stieg zu Friedhelm auf die hölzerne Plattform. Trotz eines mulmigen Gefühls im Bauch ging er hinein, um sich dem nächsten Leichnam zu stellen. Die beruflichen Herausforderungen schienen kein Ende zu nehmen, vor allem wenn sie mit seiner Angst zu tun hatten. In einem psychologischen Ratgeber über Ängste und deren Auswirkungen hatte er gelesen, dass die Realität oftmals der Erwartungshaltung von Personen entspricht, die an bestimmten Phobien leiden.

Der inzwischen informierte Chefinspektor Müllner war bereits mit Beamten auf dem zweiten Motorboot zum weiteren Fundort unterwegs. Sie staunten nicht schlecht ob des kurzen Schauspiels, das sich plötzlich vor ihren Augen ereignete, ohne die Möglichkeit einzugreifen, da sie viele Meter entfernt waren.

Durch die offene Tür des beschriebenen Bootshauses kam auf Schulterhöhe ein Kopf zum Vorschein. Gleich danach erkannte man einen halbnackten Frauenkörper, der von dem ortsansässigen Polizisten Werner Zufall auf den Händen herausgetragen und mit Schwung über das Holzgeländer des Bootshauses geworfen wurde. Friedhelm hatte versucht, schreiend und mit hektischen Bewegungen diese Wahnsinnstat zu verhindern. Durch die Lautstärke des fahrenden Motorbootes mussten die anderen Zuseher das Ganze wie bei einem ablaufenden Stummfilm auf der Kinoleinwand betrachten. Der Mund stand ihnen endgültig offen, als sie sahen, dass der Frauenkörper nicht wie ein Stein am Wasser auftraf und sank. Nein, sondern vielmehr in der Luft eine Drehung, ja fast ein Looping vollführte. Und schließlich langsam, ganz langsam, wie eine Feder in der Luft tänzelnd, auf die Wasseroberfläche herabschwebte und wie ein Luftballon auf dem Wasser schaukelte, ohne unterzugehen.

Zufall sah auf den verzweifelten Kollegen neben ihm, der hilflos und ungläubig die bizarre Szene beobachtet hatte.

»Das ist doch nur eine Bumspuppe.«

»Eine … was?«

»Eine aufblasbare, angeblich erotische Gummipuppe. Angekotzt. Darum hat es so gestunken. Verstehst du?«

»Aber die hat so echt ausgesehen!«

Lachend ergänzte Werner:

»Das einzig Reale an dieser Puppe ist der Bikini.«

Irritiert wandte sich Friedhelm dem Boot zu, das gerade anlegte:

»Herr Chefinspektor Müllner. Sorry, das war keine Leiche, sondern eine angekotzte Erotikpuppe!«

»Nein, wirklich? Angekotzt auch noch?«

Der Zynismus in seiner Stimme war nicht zu verkennen. Müllner versuchte, Revierinspektor Zufall in strengem Ton zurechtzuweisen. Als er über das Vernichten von Beweismaterial, sachdienlichen Hinweisen und noch nicht gesicherten Spuren sprach und sich zu der Puppe umdrehte, die nun schon in einigen Metern Entfernung, mit dem Gesicht zum Himmel schaukelnd, Richtung Norden unterwegs war, konnte er nicht mehr an sich halten. Er ging lachend in die Knie. Endlich getrauten sich die anderen Kollegen, ihrem unterdrückten Gelächter freien Lauf zu lassen. Trotz der Tragik, dass ein paar Meter weiter ein toter Mann aus dem Wasser gefischt worden war.

Müllner wandte sich, die Lachtränen aus dem Gesicht wischend, an den Polizisten aus Schörfling:

»Sehr geehrter Herr Revierinspektor Zufall. Das ist jetzt ein Befehl: Verfolgen Sie bitte mit Ihrem Motorboot das sich von selbst entfernende Beweismittel. Fangen Sie es wieder ein, und zwar sofort! Der Kollege Krautschneider wird Ihnen dabei helfen. Übergeben Sie es dann den Leuten der Spurensicherung, die sich dort auf dem Grundstück der Familie Litzlbauer befinden. Ach ja, und bitte nichts von der vermeintlichen neuen Leiche abwischen, auch wenn die restlichen Spuren noch so unangenehm sind.«

Und abermals flossen den Kripobeamten die Tränen über die Wangen, als sie die beiden so unterschiedlichen Kollegen namens Werner Zufall und Friedhelm Krautschneider bei dem ungewöhnlichen und unbeholfenen Sicherstellen und Einfangen von Beweismaterial am Wasser beobachteten. Zum Glück übertönte das Motorbootgeräusch das Lachen und Beifallklatschen nach erfolgreichem Einholen der Puppe.

6

Am frühen Morgen des gleichen Tages
Irgendwo am westlichen Attersee-Ufer

Zwei unterschiedliche Empfindungen holten Natascha aus ihrer Bewusstlosigkeit beziehungsweise aus der daraus resultierenden Benommenheit. Unfähig, deren Grund zu eruieren, erinnerte sie sich an das Eindringen in das Bootshaus und die entsetzliche Entdeckung im Bad. Dann Schmerz, Dunkelheit und Nässe. Eine dumpfe Wahrnehmung, von kräftigen Händen getragen worden zu sein. Sie hätte Rudi diese Kraft nicht zugetraut. Hatte ihr jemand behutsam die kalten und feuchten Kleider abgestreift? Bevor ihr abermals die Sinne schwanden, hatte sie sie eine wohltuende Wärme verspürt, ohne deren Quelle herausfinden zu können.

Doch jetzt zwang sie ein pochender Kopfschmerz, die Schutzzone der Ohnmacht zu verlassen, zurückzukehren zu ihrem Bewusstsein. Gleichzeitig fuhr eine unangenehme Gefühlswelle von ihrer Leibesmitte über die Nervenbahnen in den Nacken hinauf, wo sie mit dem Schmerzempfinden zusammentraf. Diese Empfindungen waren ungewollt und nicht gestattet. Sie konnte sich nicht erinnern, Rudi die Erlaubnis gegeben zu haben, sie zu begrapschen. Erst die zweite anrollende Welle ließ sie zunehmend wacher werden. Sie wollte die Fummelei beenden, gleichzeitig versuchte sie, die Augen zu öffnen und etwas zu sagen. Ihre Hand wurde schmerzhaft in der Bewegung gestoppt.

Die Stimme versagte, da die Kehle ausgetrocknet war, und durch ihre halb geöffneten Augen sah sie unscharf nackte weibliche Rundungen.

Das Fremde zwischen ihren Beinen verschwand, und ihr linker Fuß wurde hingelegt und losgelassen. Er jetzt bemerkte sie, dass ihre Beine gespreizt waren. Sie versuchte, sich aufzusetzen, doch auch am rechten Knöchel verspürte sie einen einschneidenden Schmerz, der sie die Bewegung nicht fertig ausführen ließ.

»Was ist … wo bin ich?«, war im Moment das Einzige, was sie mit krächzender Stimme hervorbrachte. Mit der linken Hand, die nicht eingeschränkt war, fuhr sie an ihren Kopf. Ein großes Pflaster oder eine Art Verband klebte an ihrer Schläfe. Sie wischte sich über die Augen, langsam sah sie klarer. Sie befand sich an einem Ort, der kaum Licht von außen hereinließ. Eine spärliche Lichtquelle war hinter ihr. Sie blickte um sich und versuchte herauszufinden, was es mit den seltsamen Gegebenheiten auf sich hatte.

Sie lag auf einer Pritsche, ihr rechtes Handgelenk war mit einem Kabelbinder an einem warmen Heizkörper befestigt. Der rechte Fuß war ebenso mit einem Kunststoffband am Pritschenrahmen fixiert, unmöglich, ihn zu sich zu ziehen. Ihr wurde bewusst, dass sie splitterfasernackt war.

Die weibliche Figur, die sie unscharf wahrgenommen hatte, entpuppte sich als lebensgroßes Erotikposter, das an einer Tür gegenüber der Pritsche klebte, die Ränder teilweise eingerissen und verknittert.

»Wieso blutest du?«, fragte plötzlich eine fremde männliche Stimme, die sie hinter sich wahrnahm. Das war nicht Rudi. Nein, diese Frage kam von einem älteren Mann.

Wer war das? Was war hier los? Und vor allem: Wo war sie?

»Bitte, lassen Sie mich los!«

Sie versuchte, sich zu drehen und über ihre Schulter zu blicken, es gelang ihr aber nur so weit, wie sich ihr halb fixierter Körper dehnen ließ. Aufgeschichtete hölzerne Obstkisten, mit Zeitschriften und Papier gefüllt, nahmen ihr die Sicht nach hinten. Eine Hand kam auf sie zu und stülpte ihr eine Schildkappe über, die fest in die Stirn gezogen wurde. Sofort machte sich schmerzhaft die Wunde am Kopf bemerkbar.

»Lass sie auf, sonst muss ich dir die Augen verbinden! Das willst du sicher nicht. Und schreien brauchst du auch nicht. Es wird dich niemand hören. Wenn du machst, was ich dir sage, kommst du bald wieder frei.«

Der Mann warf ihr ein altes fleckiges Leintuch über den nackten Körper. Trotz dieser angsterfüllten Situation stieg eine Art Dankbarkeit in ihr auf, da der Stoff ihr Gefühl der Schutzlosigkeit und des Ausgeliefertseins milderte. Durch die Bewegung konnte sie kurz eine braune schmutzige Cordhose erblicken. Mehr nicht. Er reichte ihr nun ein Glas mit einer Flüssigkeit.

»Nimm und trink!«

Mit ihrer freien Hand nahm sie das Glas, richtete ihren Oberkörper, so gut es ging, auf und führte es ungeschickt zum Mund. Angewidert, da schon öfters daraus getrunken war und der Inhalt nach Wein roch, krächzte sie:

»Nein, bitte keinen Alkohol. Wasser?«

»Ach ja.«

Links von ihr tauchte wieder die braune Hose auf, und der Mann nahm ihr das Glas aus der Hand. Gleichzeitig hob Natascha den Kopf, um sein Antlitz zu sehen. Doch ein harter Schlag auf ihre ihm zugewandte Gesichtshälfte bremste ihr Vorhaben. Tränen schossen ihr in die Augen, der Schmerz wurde heftiger.

»Wenn du noch einmal hierhersiehst, verbinde ich dir die Augen, und du wirst gar nichts mehr sehen können. Verhalte dich ruhig, ich bring dir Wasser!«

Natascha brachte mit weinerlicher Stimme ein »Entschuldigung« heraus, bevor sie der Schmerz im Kopf beinahe wieder in die Bewusstlosigkeit trieb, was sie jedoch nicht zulassen wollte.

Schritte entfernten sich von ihr, sie hörte eine sich öffnende Türe und darauf folgend ein Wasserplätschern. Doch das Plätschern war kein Füllen eines Wasserglases, sondern das Leeren einer Blase.

»Oh, bitte nicht! Bitte nicht …!«, sagte sie immer wieder halblaut vor sich hin. Dabei versuchte sie, sich von ihrer Fessel zu lösen, was nicht gelang. Im Gegenteil, sie lief Gefahr, dass sich die Kabelbinder mit jeder Bewegung mehr zusammenzogen und die Durchblutung von Hand und Fuß abschnürten. Sie hörte das Geräusch einer Toilettenspülung. Das Rauschen von fließendem Wasser beruhigte sie etwas. Natascha erschrak, als das gleiche gebrauchte Trinkgefäß in ihr Blickfeld geriet. Sie hatte seine Schritte nicht gehört. Er reichte ihr das schmutzige Glas, mit frischem Trinkwasser gefüllt. Ihr fiel der stark behaarte und dunkel gebräunte Handrücken auf, als sie das Getränk entgegennahm. Gierig nach der Flüssigkeit führte sie es mit ihrer linken Hand zum Mund und begann ungeschickt zu trinken. Dabei lief ihr Wasser über das Kinn auf die nackte Brust, welche vom Leintuch nur mehr halb bedeckt war.

»Wieso blutest du?«, kam erneut die Frage des Mannes.

»Was? Wo?«

»Zwischen deinen Beinen. Du blutest da unten!«

Das halb leere Glas wurde ihr wieder weggenommen. Dabei spritzte noch mehr Wasser auf ihren Oberkörper, und sie spürte, wie dieses ihren tiefen Nabel füllte. Sie zog schützend das Leintuch zum Hals herauf.

Ihre Fixierung vergessend, wollte sie mit der rechten Hand ihren Intimbereich befühlen, der sofort einsetzende Schmerz im Handgelenk rief ihr erneut die einseitige Bewegungseinschränkung in Erinnerung.

Beschämt durch die männliche Beobachtung und unsicher, was der Mann mit ihr gemacht hatte, führte sie ihre linke Hand nach unten. Erleichtert stellte sie fest, dass nichts schmerzte und dass sie wahrscheinlich nicht verletzt worden war. Weder von Rudi noch von diesem schrecklichen Unbekannten. Sie hatte lediglich ihre Tage bekommen, früher, als sie es erwartet hätte.

»Was haben Sie mit mir gemacht? Bitte, lassen Sie mich wieder die Hose und das Shirt anziehen.«

»Ich habe gefragt, warum du blutest!«

»Na was wohl! Noch nie was von der Regel gehört?«, rief sie zornig ihrem anscheinend dummen Peiniger entgegen. Die Erkenntnis darüber und ihre ausweglose Lage ließen sie aufbegehren und sie schrie, in der Hoffnung, dass sie jemand hören könne.

»Hilfe! Bitte helft mir! Lasst mich raus …«

Immer wieder bäumte sich dabei ihr Körper auf. Die Kabelbinder verengten sich, und durch den dadurch entstehenden Schmerz schrie sie noch lauter und verzweifelter. Mit einem Ruck zog ihr der Mann das Leintuch über den Kopf und schnürte sie damit ein. Seine Hände drückten ihren Oberkörper schmerzhaft auf die Pritsche nieder. Ganz nahe an ihrem Ohr war seine Stimme zu vernehmen:

»Ich mag es nicht, wenn du schreist. Es kann dich hier kein Mensch hören. Wenn du nicht sofort den Mund hältst, fessle ich dich noch stärker hier fest und lasse nur deine Möse rausschauen, damit ich sie immer sehen kann. Und ich kann dir ganz viele verschiedene Dinge reinschieben. Hast du verstanden? Bist du jetzt ruhig?«

Natascha nickte, weinte und wimmerte.

Plötzlich wurde sie geschüttelt und unsanft zwischen den Beinen berührt. Sie spürte, wie ein Finger dabei war, in sie einzudringen.

»Ich hab dich gefragt, ob du jetzt ruhig sein wirst!«, schrie nun seinerseits ihr Entführer mit drohender, rauer Stimme.

Instinktiv zog sie die Beine an, was nur mit einer Seite funktionierte. Sie schaffte es trotzdem, die fremde Hand aus ihrem Schoß zu entfernen.

»Ja, ich bin ruhig!«, schrie sie panisch durch das Leintuch, welches auch ihren Kopf bedeckte, und da sie Angst hatte, darunter zu ersticken. Sie wusste nicht, wie sie ihren nackten Körper schützen und gleichzeitig einer Atemnot entgehen sollte. Unklar, was ihr mehr Angst machte.

»Ich bin ganz leise! Bitte! Bitte! Tun Sie mir nichts!« Tränen liefen über Nataschas Wangen, sie schluchzte leise weiter. Jetzt ließ die stämmige Kraft ihres Peinigers nach, und er ließ von ihr ab. Sie zog sich das Leintuch vom Kopf, um Luft zu bekommen, knüllte es schützend zwischen ihren Oberschenkeln zusammen und kauerte sich, so gut es ging, auf die rechte Seite. Das linke Knie angezogen und über die andere Körperhälfte gelegt. Das Gesicht versteckte sie unter dem ausgestreckten, nicht gefesselten Arm. Sie wusste, dass er immer noch da war, hinter ihr stand. Alles mit ihr machen konnte. Sie hörte schnaubende Geräusche, getraute sich nicht hervorzuschauen. Sie nahm, ohne berührt zu werden, am ganzen Körper wahr, was er tat. Sie wusste das Stöhnen zu deuten, da sie vor ein paar Jahren heimlich ihren Vater beim Onanieren beobachtet hatte.

Und jetzt kam dieser Mann hinter ihr zum Orgasmus. Während Natascha leise weinte und zitterte, verspritzte er seine Körperflüssigkeit, traf auch ihren Rücken und sagte immer wieder stöhnend: »Ja, so ist es gut! Ja! Brav!«

Natascha hatte das Gefühl, als würde das Ganze ewig dauern. Sie getraute sich nicht, sich umzudrehen. Betete innerlich, dass alles hier so schnell wie möglich vorbei sein würde. Ja nie geschehen war, die Gefangennahme, das Ausgeliefertsein, ihre Hilflosigkeit, die Schmerzen und schlussendlich das ekelige Gefühl, das sein Ejakulat auf ihrem Rücken hinterließ.

Irgendwann sank er neben ihr auf die Knie, drehte sich keuchend um, lehnte sich erschöpft an ihre Pritsche und holte immer wieder tief Luft.

Nach ein paar Minuten, in denen nur ihr leises Wimmern und das ruhiger werdende Atmen des Mannes zu hören waren, sprach er mit beinahe beruhigender Stimme: »Alles klar?«

»Was haben Sie mit mir gemacht?«, fragte Natascha, immer noch zur Seite gerollt.

»Nichts. Glaubst du, mir graut vor gar nichts? Du hast gezittert, warst komplett durchnässt. Ich habe dich ausgezogen und abgewaschen. Und jetzt dein Bluten. So ein Schwein bin ich nicht. Aber anscheinend ist dein Freund so eine Sau.«

»Was? Was ist mit ihm?«

»Du bist doch nur zum Ficken mit ihm zusammen gewesen. Warum sonst hattest du Kondome in deiner Handtasche.«

»Aber da hatte ich meine Periode noch nicht. Was haben Sie mit Rudi gemacht? Ist er … tot?«

»Ich hab ihm nur eins mit dem Ruder gegeben, nicht mal so stark, wie er dich damit geschlagen hat. Aber egal. Brauchst du was für dein Bluten?«

»In meiner Handtasche, da habe ich Tampons.«

Langsam hob sie den Kopf, ohne sich jedoch umzudrehen.

»Die Tasche hab ich in den See geworfen. Ich hol dir später welche.«

Er stand auf und ging zur Tür, hinter der Natascha eine Toilette oder ein Bad vermutete. Erneut war laufendes Wasser zu hören.

»Wie viel Uhr ist es?«, fragte sie, nachdem ihr klar geworden war, dass ihre Armbanduhr mit dem nickenden Kaiserin-Sisi-Kopf weg war. Sie hatte die kitschige Uhr vor ein paar Jahren beim Besuch in Schloss Schönbrunn von ihrem Vater geschenkt bekommen. Natascha war ein Habsburg-Fan.

»Bitte sagen Sie mir, wie spät es ist! Meine Uhr ist weg.«

»Ich habe sie dir nicht geklaut. So was mache ich nicht«, verteidigte er sich gekränkt, obwohl in Nataschas Tonfall keine Spur von Beschuldigung lag.

»Es ist kurz nach sechs Uhr früh. Und jetzt schlaf ein wenig, damit du später fit bist, wenn ich dich zurückbringe.«

Dieser Satz war für sie ein Hoffnungsschimmer, ein Strohhalm, an dem sie sich festhalten wollte. Nein, musste.

Der Mann öffnete die Tür und verschwand nach draußen. Es ging so rasch vonstatten, dass Natascha keinen Blick durch die offene Tür werfen konnte.

Unbestimmte Zeit später, sie hatte nochmals das Bewusstsein verloren oder war tatsächlich wieder eingeschlafen, nahm sie Schritte und Geräusche wahr.

»Hallo?«

»Ich bin's! Ich stell dir hier einen Krug Wasser hin. Ich fahr jetzt weg und besorg dir was. In ein paar Stunden bin ich wieder da. Und schone deine Stimme, es kann dich hier wirklich niemand hören! Egal wie laut du schreist. Das nächste Haus ist weit weg.«

Sie zuckte mehr erschrocken als an den Schmerz erinnert zusammen, als er ihr an den Kopf griff, um ihr die Mütze wieder fester in die Stirn zu schieben. Sie war sich sicher, dass er nicht gesehen und später erkannt werden wollte. Das gab ihr Hoffnung.

Er stellte einen kleinen hölzernen Hocker direkt an ihre Pritsche, mit einem Krug Wasser und dem gleichen Glas wie vorhin.

»Ich mach dir ein bisschen Musik, damit dir nicht langweilig wird.«

Hinter ihr begann ein Knistern und Rauschen gefolgt von einem alten Song. Natascha wusste, dass er eine Schallplatte aufgelegt hatte. Ihr Vater hatte eine riesige Schallplattensammlung in seiner Villa am See. Doch seit der Scheidung ihrer Eltern … die Mutter war zurück nach Bayern gezogen – war sie nur selten dort. Genauso wie ihr Vater.

Bevor sie reagieren konnte, zog der Mann das Leintuch von ihrem Körper über ihren Kopf.

»Nimm es erst herunter, wenn ich draußen bin. Du sollst mich nicht sehen.«

»Bitte, können Sie mich freilassen? Ich sage niemandem …«

Ein plötzlicher Schmerz in ihrer linken Brust und eine Hand, die ihren Kopf auf die Unterlage drückte, ließen sie verstummen.

»Wie oft musst du es noch hören? Ha? Tu, was ich dir sage! Nicht mehr und nicht weniger! Dann bist du bald frei. Ist das klar?«

Unangenehm fest packt er ihre Brust und schob sie nach oben, an die Schmerzgrenze.

»Ob das für dich klar ist, will ich wissen? Oder soll ich mich vergessen?«

Er zwickte in ihre freigelegte Brustwarze.

»Aua! Entschuldige … ja … ich mach … nichts … was Sie nicht wollen. Bitte … bitte … tun Sie mir nichts!« Ihr Körper war zur Gänze angespannt, um weiterem Schmerz oder unvorhergesehenen Berührungen entgegenzuwirken. Der Druck ließ nach, kurz darauf spürte sie einen kühlen Luftzug auf den unbedeckten Stellen ihres Körpers. Die Tür fiel zu. Trotz der Musik entging ihr nicht, dass die Tür von außen abgesperrt wurde.

Ihre Tränen waren versiegt, ihr Verstand fing zu arbeiten an, und sie entspannte sich etwas. Langsam. Zog vorsichtig das Leintuch herunter. Der Versuch, ihren Rücken zu reinigen, scheiterte angesichts der einseitigen Einschränkungen.

Sie versuchte, sich zu drehen, um mehr von ihrer Gefängniszelle zu sehen. Nahm die Mütze ab, legte sie neben ihrer rechten Schulter ab, um sie sofort wieder aufsetzen zu können, sollte ihr Peiniger zurückkommen.

Während das Lied »Tragedy« von den *Bee Gees* den stickigen Raum erfüllte, versuchte sie, soweit es ihr gefesselter Körper zuließ, den Ort, an dem sie gestrandet war, zu erfassen. Dabei wurde ihr bewusst, dass ihr nicht nur die Musik bekannt vorkam. Sie kannte diesen Ort, und zwar sehr gut. Doch ob das etwas änderte …

7

Samstag, früher Vormittag

Nachdem er die verwitterte Holztür abgesperrt und zum geschotterten Parkplatz hinaufging, startete er den Wagen und fuhr zwischen den Bäumen den asphaltierten Privatweg hinauf zur Straße, die rund um den See führt. Er bog rechts ab, um über Litzlberg Richtung Seewalchen zu fahren. Das eiserne Tor öffnete sich automatisch. Nur wenn er von außen kam, musste er die Fernbedienung betätigen, die im Handschuhfach neben den Medikamenten lag. Psychopharmaka. Er hatte sie seit einigen Wochen nicht mehr genommen. Eigenmächtig hatte er die Tabletten abgesetzt. Es waren immerhin sein Körper und seine Psyche. Und nicht die der Ärzte. Er hatte zwar mehrmals das Bedürfnis, sie einzunehmen, da er mit seinen Gefühlen oftmals nicht zurande kam, doch er hatte sich vorgenommen, dies durchzustehen.

»Mit eisernem Willen kann man das Rauchen aufhören, und genauso kann man seine Psyche ebenfalls in den Griff bekommen.«

In irgendeiner Talkshow hatte das einmal ein Mann in seinem Alter gesagt, der jahrelang unter schweren Depressionen gelitten hatte. Er selbst hatte das Vertrauen in die Medizin verloren, aus unterschiedlichen Gründen, und deshalb hatte er den dringend anstehenden Arztbesuch auf unbestimmte Zeit verschoben.

Warum hatte er das Mädchen mitgenommen? Er hätte sie bloß aus dem Wasser ziehen sowie Rettung und Polizei verständigen können. Das wäre alles gewesen. Bis hierhin hatte er nichts Verbotenes gemacht. Im Gegenteil.

Doch das blasse, weiche, fast zerbrechliche Wesen erschien ihm im bewusstlosen Zustand so unwirklich, unberührbar und unschuldig. Diese scheinbar leblose, schutzbedürftige Frau. Lange war es her, dass er ungeniert einen vor allem jungen weiblichen Körper berühren konnte, noch dazu helfender Weise. Ohne ihn wäre das Mädchen ertrunken. Dass ihn ihr Freund anschrie und einen Perversen nannte, als er mit einem Finger unbedacht über ihre Brüste fuhr, nachdem er sie aus dem Wasser gehoben hatte, machte ihn wütend. Mit seinem Ruder hatte er den Burschen in Schach gehalten und ihm erklärt, dass sie beide Einbrecher wären und er sich schleunigst mit dem Ruderboot entfernen sollte, bevor er die Polizei rief. Das Mädchen würde er zu einem Arzt bringen, der hier gleich drei Häuser weiter wohnte. Denn die Wunde am Kopf müsste versorgt und wahrscheinlich genäht werden.

Um den frechen Kerl zu vertreiben, musste er die Wehrlose auf der Plattform ablegen. Ein angedeuteter Ruderschlag, der härter als gewollt ausfiel, ließ diesen tatsächlich die Flucht ergreifen. Das Mädchen in seinen Händen, ihres Retters zurücklassend. Feigling!

Behutsam hatte er den Körper in seinem Boot so verstaut, dass er während der Fahrt keinen Schaden leiden würde. Ein aufblasbares gelbes Kissen unter dem Kopf und eine übergelegte Jacke sollten zusätzlich als Schutz dienen. Mit leisem Tuckern beförderte der Elektromotor die alte, aus wertvollen Hölzern hergestellte Zille zwei Buchten weiter, hin zu einem riesigen Seegrundstück. Mit hellgelber restaurierter Villa und einem gemauerten Badehäuschen mit Minitürmchen am Ufer. Es wirkte wie ein Relikt aus Jugendstilzeiten.

Als wäre sie zerbrechlich, hatte er sie aus dem Boot gehoben und zu diesem Gebäude getragen, das er vom Herbst bis zum späten Frühjahr benutzen durfte. Der Besitzer des Anwesens, ein reicher Verleger aus Wien, überließ ihm in der Zeit außerhalb des Sommers das Häuschen am See. Den Schlüssel zur eigenen privaten Mini-Villa hatte nur er. Dafür wachte er über das Areal. War sozusagen der Hausmeister. Die eigentliche Villa besuchte der Verleger mit Gästen hauptsächlich in den Sommermonaten, selten in der Neben- oder Nachsaison.

Vom See aus hatte er mit der Zille alles im Blick, nichts entging ihm in den Buchten am Westufer des Attersees. Von September bis Mai war er nicht nur Herr über dieses prächtige Anwesen, sondern ebenso von zwölf weiteren Bootshäusern und Gebäuden am See. Die meisten davon im Besitz von Zweitwohnungsbesitzern aus den Städten von Wien bis Innsbruck.

Auf seinen fast täglichen Patrouillenfahrten hatte er die jungen Einbrecher erwischt, die in das umgebaute

Badehaus eines Immobilienmaklers aus Kufstein eingedrungen waren. Er war verantwortlich dafür und nahm die Aufgabe sehr ernst. Manchmal zu ernst. Er wusste, dass sich in dem besagten Gebäude neben vielen anderen Sextoys eine sehr teure Erotikpuppe befand. Der Kufsteiner hatte hier immer wieder, manchmal alleine oder auch mit verschiedensten Besuchern, seinen sexuellen Bedürfnissen Befriedigung verschafft. Die Puppe in der Badewanne hat auch ihm bei den Kontrollfahrten mehrmals zur eigenen Zufriedenheit gedient.

Und jetzt hatte er selber einen aufblühenden weiblichen Körper in sein heimliches Reich gebracht. Auf die Pritsche gleich beim Eingang hatte er ihn abgelegt, und da das Mädchen ob der Kälte und Nässe zu zittern begann, hatte er sie entkleidet und mit einem alten Handtuch sanft trocken gerieben. Dieser reine, unschuldig wirkende, hellhäutige Leib. Unrechtmäßig, schier unerreichbar und doch direkt vor ihm. Hier. Durch die Bewusstlosigkeit seiner Willkür ausgeliefert. Er hatte ihr anfangs nicht wirklich Leid zugefügt. Hatte sich nur an der weichen, angenehm riechenden Haut, den zarten Brüsten mit den beim Abtrocknen hart gewordenen Knospen und der blond behaarten Scham nicht sattsehen können. Hatte an ihr geschnuppert wie an einer duftenden Rose, sie sanft an verschiedenen Stellen berührt und geküsst. Wollte sie freigeben und gleichzeitig für sich alleine haben. Hatte sich geschämt für seine stark pochende Erektion, sein Verlangen, sie zu besteigen, das er zurückhalten konnte. Dachte, dass sie es vielleicht zulassen würde, wenn sie erwachte und ihn als ihren Lebensretter erkannte. Nur einmal hatte er versucht, die Wärme in ihrem Unterleib zu erspüren. Doch nicht wie in seiner Erinnerung an frühere sexuelle Erlebnisse war der Finger normal klebrig feucht, sondern von einer hellroten Farbe überzogen, die er wie nach einer schmutzigen Arbeit gewohnheitsmäßig an seiner Hose abwischte. Da ihr Freund sich von ihm vertreiben lassen und seine Liebste in Stich gelassen hatte, fühlte er sich nun verantwortlich für das Mädchen. Er hatte sie gerettet, da stand ihm auch eine Belohnung zu. Selbst feucht im Schritt, hatte er die Bewusstlose mit Kabelbinder an der Pritsche und an einem Heizkörper festgemacht. Ein Hausmeister hat solche für alle Fälle immer parat. Sie sollte nicht davonlaufen, wenn sie erwachte. Der elektrische Heizkörper wärmte bereits seit Tagen die Luft in diesem stickigen Badehäuschen, an dem vor Jahren für Sommergäste ein Waschraum mit Dusche angebaut worden war. Versteckt unter dicht belaubten Bäumen war es vom See aus nur halb zu sehen, von der Villa aus überhaupt nicht.

Er hatte ihr nicht wehtun, sie eigentlich freilassen wollen, jedoch hin und her gerissen von seinem Verlangen und dem schlechten Gewissen, war er einer Stresssituation ausgeliefert, die er in der Art noch nie erlebt hatte. Noch dazu, da er wusste, wer der Vater dieses Mädchens war. Er hatte ihre Handtasche ausgeleert, die Kondome und den Ausweis vorsorglich mitgenommen und den Rest ins Wasser geworfen.

Während er rechts über eine Brücke abbog, um nach Kammer-Schörfling zu einem Einkaufsmarkt zu fahren, wurde ihm klar, dass er das Mädchen ohne für ihn bevorstehende schlimme Konsequenzen nicht mehr freilassen konnte. Im Radio lief soeben der Song »Jeanny« von Falco, den er sofort abstellte.

8

Samstagmittag

Revierinspektor Zufall nahm sich gerne mittags zwei Stunden frei, wenn es die Dienstzeiten erlaubten. Aufgrund der Ereignisse war es heute nicht möglich, sie zur Gänze auszukosten. Er fuhr mit dem Motorboot quer über den See nach Weyregg, einer Gemeinde am Ostufer. Hinter ihm der Ort Attersee mit der im 14. Jahrhundert errichteten Kirche auf einem Hügel, der einen sensationellen Ausblick auf das Wasser und die umliegenden Ortschaften freigab. Werner Zufall befestigte das Bootstau an einem erneuerten Steg direkt an einer Terrasse, die zu einem alteingesessenen Gasthaus gehörte. Da er zurzeit der einzige Polizist im Norden des Attergaus war, der einen Motorbootführerschein besaß, hatte niemand etwas dagegen, wenn er manchmal mit dem Polizeiboot den Weg zur Arbeit zurücklegte. Weiter ging es mit einem Fahrrad, das er genauso wie sein Boot hier mit Erlaubnis des Wirtes abstellen durfte. Werner wohnte außerhalb des Ortszentrums von Weyregg mit seinem 66-jährigen Vater, einem pensionierten Beamten und Hobbyjäger, in einem Häuschen am Waldrand. Seit dem Tod der Mutter vor über zehn Jahren hatten die beiden Männer oberen und unteren Stock untereinander aufgeteilt. Ab den frühen 70ern wurde das Haus als Frühstückspension geführt. Viele Familien finanzierten sich damals durch Vermietungen den Hausbau. Zu dieser Zeit war der Attersee touristisch aufgeblüht, da 1964 die Autobahn von Salzburg nach Wien hier angeschlossen und freigegeben worden war.

Jedes Stockwerk des Gebäudes bot für seinen Bewohner ein eigenes Bad, Schlaf- und Wohnzimmer. Nur die Küche im Parterre nutzten sie gemeinsam. Was für Hannelore wahrscheinlich mit ein Grund war, den Haushalt zur Gänze dem männlichen Geschlecht zu überlassen. Hannelore war bis drei Jahre nach dem Tod der Mutter Werners Lebensgefährtin. Jetzt lebte sie irgendwo im Innviertel, ohne See, dafür aber mit einem Kollegen von ihm zusammen. Bei einer landesweiten Polizeisportveranstaltung hatte sie ihn kennengelernt. Da sie Werners Kinderwunsch nicht nachkommen wollte, und er nicht lockerließ, suchte sie ihr Glück eben woanders. Seither waren ihm kurze, flüchtige, nicht ernst zu nehmende Beziehungen und Bekanntschaften vergönnt. Er nahm sich mit eindringlichem Selbstversprechen vor, den kommenden Winter nach einer vernünftigen Partnerin Ausschau zu halten. Sein Vater versuchte seit geraumer Zeit, im Internet bei diversen angeblich seriösen Partnerschaftsvermittlungen eine »geeignete Partie«, wie er es nannte, für seinen Sohn zu finden. Dabei fand er hauptsächlich faszinierende Frauen, die ihm selbst entsprachen und sich gerne mit ihm, als Endsechziger einließen. Als Vorkoster sozusagen.

Werners Vater Jakob hatte mit Beginn der Pension nicht nur sein Berufsleben verändert. Als wäre er zehn bis 20 Jahre jünger, war er aktiv wie nie zuvor. Er besuchte fast jede Veranstaltung im Ort, war der engagierteste Mann im Pensionistenverband, ging alle Tage im See schwimmen und anschließend in den Wald. Auch im Winter. Das Unangenehmste für Werner waren die Frauengeschichten seines Vaters. Als ob der Sohn mit 36 Jahren der ältere sei, wurde er mehrmals am Abend beziehungsweise am Morgen nach dem Aufstehen durch die Anwesenheit einer ihm unbekannten Frau in der Küche oder im Flur überrascht. Frauen jedes Alters. Ab und an geschah, dass die Besucherin jünger war als der Sohn, was Werner nicht ohne Neid akzeptieren musste. Die letzte vor ein paar Wochen hatte ihm erörtert, dass sein Vater ein super geiler Typ aber leider für längere Beziehungen zu alt sei. Unfairerweise hatte sein Erzeuger noch alle Haare am Kopf, mehr weiß als grau, während sich Werners Haaransatz Jahr für Jahr nach hinten verzog und sein Haupthaar schütterer wurde. Ganzheitlich betrachtet musste frau zugeben, dass der Vater um einiges attraktiver war und mehr Sexappeal ausstrahlte als der Sohn. Werner hatte mehrmals versucht, durch diverse Gespräche unter Verwandten herauszufinden, ob Jakob denn wirklich sein Vater sei. Er fand jedoch weder Bestätigung noch Beweise für seinen insgeheim gehegten Verdacht.

Jakob hatte gekocht, Gnocchi mit Kräutern und Speckwürfeln. Etwas, das früher unvorstellbar gewesen wäre. Als Beamter hatte er nach Dienstschluss sein Werkzeug niedergelegt und in der Freizeit kein anderes mehr angegriffen, ausgenommen sein Jagdgerät. Nun sorgte er an manchen Tagen gerne für das leibliche Wohl in diesem männlichen Haushalt.

»Werner? Kommst du heute eventuell nach Palmsdorf ?«

»Kann sein. Warum?«

»Schau mal bitte bei Tante Vera vorbei. Ich habe seit einigen Tagen nichts mehr von ihr gehört. Ich selber bin am Nachmittag bei einer Besprechung mit den Pensionisten. Zwecks Weihnachtsfeier!«

Dem vorwurfsvollen Blick seines Sohnes entgegenwirkend, fügte er rasch hinzu:

»Ja, ich weiß, wir haben Anfang Oktober, doch in zehn Wochen sind wir mitten im Advent, da müssen wir planen und vorbereiten. Außerdem weißt du genau, dass Vera dich lieber empfängt als mich.«

Dass sie mit ihm als »Zugeheirateten« manchmal so ihre Mühen hatte und sie ihm jahrelang seinen »Beamtenschädel« zum Vorwurf gemacht hatte, wussten beide.

Mit einem Glas von Veras selbst hergestelltem Holundersaft spülte er die letzten Reste der Mahlzeit hinunter. Sein Vater liebte das Gericht! Für ihn waren es nur geschmacklose Teigpatzen, was er höflicherweise für sich behielt. Sogar die Kräuter seiner Tante schafften es nicht, diese Speise zu verfeinern.

»Wir haben heute einen Toten gefunden. Drüben in Buchberg. War nicht sehr erbaulich. Kann sein, dass ich ein weiteres Mal rüber muss. Ich fahr nach Dienstschluss zu Vera rauf. Wird wahrscheinlich aber erst 20 Uhr abends sein. Soll ich was mitnehmen?«

Er stocherte mit der Gabel zwischen den Gnocchi-Stücken sinnlos herum. Zumindest die bescheiden gefüllte Salatschüssel hatte er aufgegessen.

Jakob nahm ihm den Teller ab und aß an seiner Portion weiter.

»Nein. Oder doch! Nimm bitte die Bügelwäsche mit! Der blaue Wäschekorb steht gleich neben der Waschmaschine. Die beiden Jägerhosen bräuchte ich dringender. Und vielleicht gibt sie dir nochmals Holundersaft mit. Das ist hier die letzte Flasche! Machst du uns einen Kaffee?«

Werner erhob sich und nahm die Espressomaschine in Betrieb. Obwohl sein Vater moderner als viele andere Männer in seinem Alter war, verweigerte er dieses Gerät. Wenn er alleine zu Hause war, brühte er sich einen Filterkaffee auf, den sein jüngerer Mitbewohner seinerseits nicht mehr trinken wollte.

»Hast du den Toten gekannt?«

Obwohl die beiden ausgemacht hatten, dass Jakob seinen Sohn nie nach der Arbeit fragen sollte, war dies doch ein Thema, das über die alltäglichen Geschehnisse hinausging.

»Nein. Ein Kind hat ihn gefunden. Im Wasser. Die Leute vom Landeskriminalamt sind da. Die untersuchen alles. Muss für sie mit dem Boot fahren.«

Jakob hasste die kurzen, abgehackten Sätze, mit denen Werner Auskunft gab. Seit dem Besuch der Polizeischule hatte sich das Verhalten seines Sohnes stark verändert. Er, als Beamter des Landesschulrates, hatte sich zeitlebens auferlegt, in ganzen Sätzen zu sprechen.

Und das funktionierte ebenso in der Mundart, wenn er sich bemühte. Gerne hätte er das auch von seinen Mitmenschen gefordert. Doch »den Göttern gleich zu sein, ist edler Wunsch«. Jakob verwendete oftmals Zitate, wie dieses von Goethe, die nur heutzutage kaum jemand verstand beziehungsweise hören wollte.

Plötzlich ertönte Musik. Ein Lied mit dem Refrain »C'est ca la vie«. Jakob Zufall reagierte nicht. Erst als sein Sohn nach dem Handy auf der Brotdose griff und es ihm mit einem Augenrollen reichte, kam ihm in den Sinn, dass er das Läuten seines Mobiltelefons wieder mit einem anderen Klingelton versehen hatte. Vor ein paar Wochen hatte ihm eine jüngere Liebschaft beigebracht, wie man Songs auf einem Handy abspeicherte. Nun ertönte jeden zweiten Tag ein neuer Sound, wie diesmal der Titel von Daliah Lavi, die Jakob für sich vor Kurzem wiederentdeckt hatte.

Nach »... es kommt fast nie so, wie man sich das denkt ...« nahm er das Gespräch an.

»Jakob Zufall, Beamter in Ruhe, nicht nur zur Mittagszeit!«

Eine Unart, die Werner furchtbar nervte. Sein Vater wollte ständig witzig sein, was für ihn als Sohn und Polizist bloß peinlich war.

»Guten Tag, Herr Zufall. Hier ist Radio *Freies Salzkammergut*. Klaus Wildner mein Name. Ist es richtig, dass man in Seewalchen einen Leichnam im Wasser gefunden hat?«

»Nein, das war in Buchberg!«

Werner starrte den Telefonierenden verblüfft an.

»Ist es ein Mann oder eine Frau? Wer hat ihn gefunden?«

Noch bevor er seinem Gegenüber das Handy entreißen konnte, gab dieser bereitwillig die Auskunft.

»Ein Kind hat einen toten Mann entdeckt. Im Wasser. Genaueres kann Ihnen mein Sohn sa…«

Schon war das Handy in Werners Hand: »Hören Sie, das sind Informationen, die nicht freigegeben worden sind. Wenden Sie sich an die Pressesprecher der Polizei. Sie dürfen das noch nicht veröffentlichen.«

Er kappte die Verbindung, warf das Telefon auf den Tisch. Zornig schmetterte er dem Vater entgegen:

»Sag mal, spinnst du? Das sind vertrauliche Informationen! Das geht nicht! Da bekomme ich die größten Probleme.«

»Reg dich ab.«

»Ich reg mich aber nicht ab. Ich werde dir nie mehr irgendetwas von meiner Arbeit erzählen! Mach das nie wieder! Hörst du?«

Jakob versuchte, ihn zu beruhigen, und stellte das Geschirr zusammen, um es abzuräumen und gleichzeitig seinen Sohn abzulenken.

»Ob sie es jetzt wissen oder erst in zwei Stunden, ist doch egal. Ist ja nicht schlimm. Wolltest du nicht wieder in den Dienst? Die warten sicherlich schon auf das Polizeiboot. Vergiss bitte nicht, die Wäsche mitzunehmen!«

Er nahm die gestapelten Teller vom Tisch und ging damit in die Küche, von der man einen schmalen Blick auf den Attersee hatte.

Vera, die Schwester seiner verstorbenen Frau, erledigte für ihn manche Arbeiten, die sie besser konnte wie bügeln und nähen.

Werner kümmerte sich um die eigene Wäsche selber. Die Polizeiuniform gab er ungern in fremde Hände. Vaters Kleider mit zu bügeln weigerte er sich standhaft.

Die Tante bewohnte auf der gegenüberliegenden Seite des Attersees das Haus ihrer verstorbenen Eltern, Werners Großeltern mütterlicherseits. Durch die jüngere Tochter des Ehepaares hatte Jakob damals seine Frau kennen und lieben gelernt. Vera war inzwischen eine pensionierte Lehrerin. In ihrem Job war sie einigen Kollegen und Kolleginnen im Schulwesen zu unangepasst gewesen, hatte sich kaum Normen unterworfen, institutionelle Rahmen missachtet und ihren Unterricht erlebnisorientiert ausgerichtet, was viele Eltern und Schulleiter unverantwortlich und untragbar fanden. Mehrmals musste sie die Schule wechseln. Wurde von einigen ihrer eigenen Berufsgruppe als »Wanderpokal« bezeichnet.

Die Pension kam ihr da gerade recht. Vera wurde nie langweilig. Das Haus befand sich auf einem ansehnlichen Grundstück, in dessen Garten sie als Erstes ein Glashaus aufstellen ließ, in dem sie Kräuter, Tomaten und anderes Gemüse züchtete. Inzwischen standen noch zwei weitere daneben. Betreten für Besucher verboten. Jakob wusste, dass Vera im kleinsten hinteren Glashaus Hanf zog. Nur für den eigenen Gebrauch, eine Gewohnheit, die sie seit früheren und jüngeren Jahren nie abgelegt hatte. Vera trank keinen Alkohol, dafür war sie starke Raucherin. Vermutlich wusste außer ihrem

Schwager niemand von den Joints. Sie wollte nicht, dass Werner davon erfuhr. Ein Gewissenskonflikt stünde mit Sicherheit bevor.

Werner stieg nun auf sein Rad und fuhr zum Gasthof mit dem Anlegesteg, am Gepäckträger Vaters Wäschekorb. Er wechselte das Gefährt, und schaukelnd ging es über den im Sonnenlicht erstrahlenden See. Mitten auf der Wasserfläche stellte er den Motor ab, gab sich seinem Seelenfrieden hin. Ließ das Boot und die Gedanken gefahrlos zehn Minuten lang treiben. Diesmal konnte er es nicht wirklich genießen, da sich ihm ständig die Bilder der Leiche, der Mutter mit dem Besen und dem Mädchen aufdrängten. Der Ärger über das Telefonat des Vaters setzte ihm weiter zu. Er wollte nicht für zu früh nach außen gedrungene Informationen verantwortlich sein. Mit einem Seufzen startete er den Motor und hielt auf den letzten Metern sein Gesicht dem Fahrtwind entgegen.

Ein uniformierter Polizist unterwegs mit einem bunten Wäschekorb. Jeder Fotograf hätte Unmengen an Fotos geschossen, *Facebook*-Freunde und *YouTube*-Fans die Bilder und Handyfilme vielfach geteilt: zuerst auf dem Rad, dann im Motorboot und schlussendlich im Dienstwagen. Immer mit der Bügelwäsche seines Vaters bewaffnet. Diese Postings hätten sicherlich viral und international für eine Menge Amüsement gesorgt.

9

Samstag – um die Mittagszeit
Palmsdorf

Vera rauchte nur in Ausnahmefällen in ihrem Haus. Und wenn, dann in der ebenerdig gelegenen Küche, wo die Düfte vom Zubereiten der Speisen den sogenannten »kalten« Rauch neutralisierten, was sie sich zumindest einbildete. In der Nacht beziehungsweise am frühen Morgen paffte sie im oberen Stock, beim Klofenster hinaus. Ihren Joint, mit ein paar Zügen auf mehrere Tage verteilt, genoss sie immer auf der Terrasse. Sie wollte nicht, dass jemand diesen Geruch in ihrem Haus wahrnahm, vor allem wenn Besuch kam, was ohnehin selten der Fall war. Die Briefträgerin, sie könnte ihre Enkelin sein, war sicherlich zu jung, um den Duft zu kennen. Die Generationen von heute hatten modernere Aufputschmittel und Drogen. Sie war der Meinung, auch gefährlichere.

Ihrem Neffen wollte sie die Peinlichkeit ersparen, dass sie hier etwas Verbotenes in ihrem Garten anbaute, was er nicht akzeptieren durfte.

Sie nahm an diesem späten Vormittag ein paar kräftige, tiefe Züge, hielt das Gift für wenige Sekunden in der Lunge und stieß den Rauch mit Genuss aus. Schnitt mit einer Schere die Glut ab, um das restliche Gras nicht zu verschwenden. Aus ihrem tragbaren CD-Player ertönte »I shot the Sheriff«, jene Version von Eric Clapton, die sie seit einem miterlebten Live-Konzert in Deutschland besser fand als das Original von Bob Marley.

Auf dem Herd köchelte eine Suppe vor sich hin, die sie mit Kräutern aus dem eigenen Garten würzte und verfeinerte. Nach dem Verzehr der Gemüsesuppe mit Bulgur und Parmesan trat sie vor die Haustür und zündete sich eine Verdauungszigarette an. Sie hatte im Haus zumeist ihre Hausschuhe an. Gras-Patschen. Das waren Schuhe aus Raschgras mit einer Schweinsledersohle, die Frauen aus dem nahe gelegenen Sankt Georgen im Attergau handwerklich herstellten und für einen sozialen Zweck verkauften. Vera erwarb fast alle zwei Jahre neue Exemplare, denn sie hatte sie ständig an ihren Füßen. So wie an diesem Tag. Gedankenverloren schritt sie rauchend den Platz vor dem Eingang ab. Ohne auf den Boden zu blicken.

Nein! Nicht schon wieder! Ihr rechter Schuh hatte soeben frischen weichen Hundekot breitgetreten, dadurch war an manchen Stellen das Raschgras ihres Schuhwerks braun verschmiert.

Dieses dämliche Vieh! Der Nachbarshund! Ewig das gleiche Spiel! Der alte Langhaardackel wurde von seinen Besitzern immer wieder vor die Tür gesetzt, um sein Geschäft zu verrichten. Nie hatte sie ihre Nachbarn gemeinsam mit dem Tier spazieren gehen gesehen. Einen Hund muss man ausführen. Äußerln gehen, österreichisch ausgedrückt. Diesen hier anscheinend nicht.

Dafür hatte er sich angewöhnt, am Grundstück der Nachbarin sein Geschäft zu verrichten. Nie zu Hause. Natürlich nicht, in den eigenen Garten scheißt Hund nicht. Einmal hatte sie ihn erwischt, wie er sich in ihrem Blumenbeet hinter dem Haus in verdächtige Stellung brachte. Seither getraute sich der Vierbeiner nicht mehr in ihren Hauptgarten, da sie ihn mit einer selbst gebauten Trommel von einem Orff-Instrumentenbaukurs aus ihrer Schulzeit verjagt hatte. Dafür legte der Köter vor ihrer Tür, in der Einfahrt, sowie in das runde Blumenarrangement seitlich des Einganges seine Würstchen ab. Seltener unter der hoch gewachsenen Thujenhecke, die ihr Vater damals zur Abgrenzung der Straße und zum Nachbargrundstück angepflanzt hatte.

Die Nachbarn angesprochen, erhielt sie lediglich als Antwort: »Das Scheißen kann ich dem Hund nicht verbieten!« Und das in einem Tonfall, der nicht wirklich auf eine freundliche Nachbarschaft abzielte.

Doch jetzt war es genug!

Sie versuchte, den Dreck auf den vor langer Zeit gestreuten Kieselsteinen neben ihrem in der Auffahrt abgestellten Auto abzustreifen, was ihr nur unzureichend gelang. Da entdeckte sie den Übeltäter auf dem Feld sitzend, gegenüber ihrer Einfahrt. Er saß da, als ob ihn die Welt rundherum nichts anginge und er wie ein hier abgesetzter dementer Pensionist die frische Luft genießen und aufs Abholen warten würde. Jetzt veränderte er seine Stellung, Vera wusste, was das bedeutete. Er wartete auf Mäuse. Vermutlich hatte ihm nie jemand beigebracht, dass er ein Hund und keine Katze war. Vera wunderte sich oftmals, dass dieses Vieh bellte, statt Katzenlaute auszustoßen. Es gelang dem Dackel manchmal tatsächlich, eine Feldmaus zu fangen, die er dann samt Fell und Schwanz auffraß. Das Brechen der zarten Mäuseknochen hatte sie dabei öfters gehört, wenn sie rauchend am Klofenster stand. Die Häuser lagen an einer ruhigen Seitenstraße, auf der nicht viele Autos vorbeifuhren. Deshalb waren leisere unbekannte Geräusche deutlicher zu hören als die alltäglichen, nachbarlichen bekannten Töne.

Sie drückte ihre Zigarette in den Exkrementen des Störenfrieds aus und ging zielstrebig ins Haus. Sie hatte sich felsenfest vorgenommen, wenn das nochmals passierte, dann würde sie es tun. Auf ihrem Kühlschrank prangte ein mit einem runden rosaroten Magnetbutton befestigter handgeschriebener Zettel mit der Aufschrift: »ICH WERDE ES TUN!«

Sie stieg in das obere Stockwerk hinauf und betrat das ehemalige Arbeitszimmer ihres Vaters, welches sie zu einem Abstellraum umfunktioniert hatte.

Sein altes Luftdruckgewehr lag, eingeschlagen in eine grüne Filzdecke, auf einer Kommode, die sie vor Jahren eigenhändig abgelaugt und mit natürlichen Ölen eingelassen hatte. Das Gewehr war funktionsbereit, da sie es des Öfteren benutzte und pflegte. Den Umgang mit dieser Waffe hatte sie von ihrem Vater gelernt. In ihrer Kindheit hatten sie damit Krähen und Spatzen »reduziert«, wie es ihr Erzeuger damals nannte. Selbst auf die Jagd hatte er sie mehrmals mitgenommen, im Gegensatz zu ihrer Schwester. Als Jugendliche musste sie ihm dabei helfen, erlegten Hasen das Fell abzuziehen und sie auszunehmen, damit sie später in Mutters Kühltruhe und schlussendlich im Kochtopf landen konnten. In diesen Jugendjahren, in denen täglich Fleisch auf den Mittagstisch kam, schwor sich Vera, sobald sie das Haus verlassen werde, würde sie kein Lebewesen mehr essen, ausgenommen Fische. Diesem Eid blieb sie treu. Doch das Töten von Tieren hatte sie sich nicht verboten. Nach dem Tod der Eltern übte sie mit dem Luftdruckgewehr in ihrem Garten und schoss auf Vögel, wie sie es von ihrem Vater gelernt hatte. Seit sie einmal irrtümlich ein Eichhörnchen erschossen hatte, da sie meinte, es wäre eine dicke Krähe auf dem Baum, egal ob der Joint daran schuld war oder nicht, suchte sie sich andere Opfer. Sie zielte ab diesem Zeitpunkt auf Stofftiere, die sie jedes Jahr vor Ostern für ihre nicht vorhandenen kleinen Neffen, Nichten und Enkel auf einem Pfarrflohmarkt in Seewalchen kaufte. Sie platzierte die Plüschfiguren auf der Wiese oder auf den unteren dichten Ästen ihrer Tannen, die das Grundstück auf der Gartenseite zu einem weiteren bestellten Feld abgrenzten.

Jetzt plante sie vorsätzlich einen Rachefeldzug, einen Mord. Vor der offenen Haustür lag ihr umgedrehter beschmutzter Grasschuh. Das dazugehörige zweite Stück stand einsam und verlassen im Flur. Statt einem Kochtopf oder dem immer bereitliegenden Schneidebrett mit Brotmesser lag das Luftdruckgewehr auf der Stelle der Küchenanrichte. Die Rächerin nahm zwei runde Metalldosen mit den Bleigeschossen aus einer

Lade und entschied sich für die kostspieligeren Rundkopf-*Diabolos*, die einen schmäleren Eintrittsradius als die Flachkopfmunition bewirkten. Die Rundkopfgeschosse hatten einen geringeren Streuwinkel und verursachten einen tieferen Wundkanal, was einen genaueren Zielpunkt erforderte. Die verschieden großen Löcher in ihren noch vorhandenen Plüschtieren zeigten den Unterschied. Auf der Metalldose mit der Aufschrift »Field Target Trophy« war die Silhouette eines Vogels abgebildet, die die Eignung der Munition zur Schädlingsbeseitigung bestätigte. Es war eine alte Dose, die sie immer wieder neu auffüllte. Seit vielen Jahren waren auf den neueren Munitionsdosen keine Tiere mehr zu sehen. Doch sie fand die mit dem Vogel nett. Und ihr Vorhaben war ja auch die Beseitigung eines Schädlings.

Vera steckte ein *Diabolo* in den Knicklauf der Waffe, drei weitere Projektile kamen in ihre Hosentasche. Sie bezeichnete sich selber als gute Schützin.

Sie war im Tierkreiszeichen des Skorpions geboren, einen Tag später wäre sie tatsächlich noch Schützin geworden; im Zeitalter des Genderns müssten auch die Sternzeichen gegendert werden, meinte sie oft ironisch. Aus diesem Grund wandte sie provokant die Binnen-I öfters an, als GermanistInnen das zulassen würden. Das mit dem Doppelpunkt und den Sternchen lehnte sie kategorisch ab.

Sie zündete sich vor der geplanten Tat eine Zigarette an, die lässig in ihrem Mundwinkel wippte. Barfüßig kam sie aus dem Haus, die Waffe vor der Brust in den

Armen. In ihren Augen flackerte eine gewisse Kaltschnäuzigkeit, die dem Westernhelden vor dem unausweichlichen Finale aus den Italo-Western nicht unähnlich war. Sie spürte nicht, wie sich der immer noch vor dem Eingang liegende Hundedreck mit leisem Schmatzen zwischen ihre Zehen drückte. Meist bewegte sie sich in ihrem Garten mit nackten Füßen, deshalb war ihre Fußsohle relativ unempfindlich. Mit fast lautlosen Schritten ging sie an ihrer Hecke entlang und blickte durch die schmale kurze Einfahrt auf den Acker hinaus. Der zu beseitigende Schädling saß jetzt etwas näher am Feld und schien auf sein Opfer zu warten, seinen behaarten Schwanz wie einen Staubwedel hin und her bewegend. Im Ungewissen, dass er heute das Opfer sein würde.

In diesem Augenblick kam Vera in den Sinn, dass sie nicht einmal den Namen des Dackels wusste. Auch gut. Nein, besser. Nicht man, sondern frau sollte kein Tier töten, dessen Namen sie kannte.

Ihre glühende Zigarette aus dem Mundwinkel auf den Kies fallen lassend, hob sie das Gewehr, zielte durch den Tunnelkolben auf das noch immer still sitzende Opfer. Atmete lautlos tief ein und wieder aus, wie von ihrem Vater gelernt. Im Visier eines der beliebtesten Haustiere, dem sie jegliche Lebensberechtigung absprach. Sie drückte, ohne mit der Wimper zu zucken, ab. Rückstoß gab es bei dieser Schusswaffe keinen. Das Bleigeschoss verließ mit hoher Geschwindigkeit das Rohr und drang einige Meter weiter ungehindert in das linke Auge ein. Dass die am Boden liegende verglühende Zigarette, die Haut der Außenseite ihres rechten Fußes versengte, spürte sie in dem Moment nicht.

An diesem Tag wird Vera seit langer Zeit wieder einmal einen ganzen Joint an einem Nachmittag fertig geraucht haben.

10

Rund ums Auge

Das Auge, beziehungsweise der Sehnerv, konnte bei dieser Geschwindigkeit den auf ihn zukommenden metallenen Fremdkörper nicht mehr zeitgerecht an das Gehirn melden, wodurch der Schutzmechanismus des oberen Augenlides auch nicht ausgelöst wurde. Ausweichen oder den Kopf wegzudrehen, war ein Ding der Unmöglichkeit. Selbst der Schmerz, durch das Eindringen in das Organ hervorgerufen, konnte nicht mehr differenziert wahrgenommen werden.

Das Projektil perforierte im Bruchteil einer Sekunde die Hornhaut, welche sternförmige Risse bekam, und bewegte sich dahinter durch die vordere Augenkammer auf die Linse zu. Jeder Fotograf würde mit dieser Aufnahme, die nicht einmal der Sehnerv speichern kann, ein Vermögen verdienen.

Das Augenlid dürfte sich inzwischen geschlossen haben, wenn auch einen Hauch zu spät. Der Kontakt der Munition mit der Linse riss diese aus den Zonulafasern, was der Nichtmediziner einfach als Verankerung bezeichnen würde. Natürlich blieb die Iris, auch Regenbogenhaut genannt, nicht unverletzt. Hinter der inzwischen zerstörten Linse bremste der gelartige Glaskörper das Projektil geringfügig ab und füllte sich einen Augenblick später mit Blut. Einem blickdichten Vorhang gleich verhinderte der ausgelaufene Lebenssaft die Vermittlung von Bildern an die Netzhaut und somit ans Gehirn. Das Geschoss ließ sich durch das Gewebe nicht weiter aufhalten, durchschlug auf der Rückseite des Augapfels die sich dort befindliche Netzhaut, welche sich löste und dadurch jegliche Weiterverarbeitung von optischen Eindrücken unmöglich machte. Zum Abschluss perforierte der Fremdkörper die Lederhaut und verbohrte sich, leicht deformierend, in die knöcherne Struktur der hinteren Augenhöhle. Und hier wurden der Augenpartie durch die Verletzung des Sehnervs die letzten Fähigkeiten genommen.

Am Ende blieb ein zusammengefallenes Organ, das seine Aufgabe nicht mehr erfüllen konnte, dessen ballartige Form sich scheinbar in Luft aufgelöst hatte und höchstens als Unterlage einem neuen Sehorgan aus Glas dienen würde. Das wäre die einzig sinnvolle weitere Funktion des vom Projektil eines Luftdruckgewehres zerstörten, gesunden Auges.

Der Mann, dessen Auge zerstört worden war, sollte nicht mehr mitbekommen, was ihm geschah. Warum er durch eine plötzlich eingetretene Irritation und einen undefinierbaren Schmerz im Gesicht den Wagen herumriss. Weshalb das Fahrzeug ins Feld stieß und sich dort in weiterer Folge mehrmals überschlug. Die dem Lenker dadurch zusätzlich zugefügten Verletzungen beraubten ihn seiner Sinne.

11

Gleichzeitig in Attersee

Werner vertäute das Motorboot im inzwischen erreichten Bootshaus der Schifffahrtsgesellschaft in Attersee. Neben den Passagierschiffen und einem zum Einsatz bestückten Feuerwehrboot wurde hier auch das Polizeiboot eingestellt. Für das kommende Frühjahr war man auf der Suche nach einem neuen Stellplatz, da hier der Platz für drei verschiedene Berufsgruppen zu eng wurde.

Den Wäschekorb des Vaters vor der Brust haltend, schritt er auf seinen Dienstwagen zu, der hier parkte. Das Handy in der Brusttasche spielte die Titelmelodie von *Star Wars*. Jakob hatte ihm vor Kurzem auf Wunsch diese Filmmusik als Klingelton eingestellt.

Der Boden von den letzten Regengüssen der vergangenen Tage aufgeweicht und an vielen Stellen verschlammt, verlangte von ihm ein höheres Maß an Gleichgewicht und Achtsamkeit.

Er platzierte den Korb auf der Motorhaube und griff mit einer Hand nach seinem vibrierenden Handy. Gleichzeitig versuchte er, mit der anderen den Autoschlüssel aus der vorderen rechten Hosentasche zu ziehen. Der Behälter mit der Wäsche bewegte sich in Zeitlupe über die Schräge der Motorhaube zu dessen Ende. Ein Schlüssel am Bund verfing sich im Futter der Uniformhose und riss durch das Herausziehen ein Loch in den dünnen Stoff. Kaum spürbar ritzte der Schlüsselbart zusätzlich die Haut am Oberschenkel auf. Das Handy, das zum letzten Mal die *Star-Wars*-Fanfare anstimmte, entglitt seinen Fingern. Zeitgleich musste er hilflos zusehen, wie der Korb mit der Wäsche des Vaters kippte und der Inhalt neben dem Mobiltelefon im Matsch zu liegen kamen.

»Verdammter Mist!«

Er hob zuerst das Handy auf und säuberte es mit einem dunkelblauen Socken des Vaters. Verärgert stopfte er die Wäsche wieder in den Korb und wischte seine nun ebenfalls verschmutzten Finger an einem gerippten Unterleibchen ab, währenddessen sich im Wageninneren das Funkgerät meldete.

»Kann ich bitte erst mal in Ruhe alles in Ordnung bringen!«, rief er laut zu sich selbst und zum Dienstwagen, als wäre er ein riesiger Funkempfänger.

»Ich habe nichts dagegen«, sprach eine zweite uniformierte Gestalt, die geradewegs von der Hauptstraße her auf ihn zukam. Der Schiffskapitän kehrte von der Mittagspause zurück. Er grinste breit und hielt seine Kapitänsmütze in den Händen.

»Soll ich dir helfen, Werner, oder kommst du alleine klar? Wäscheleine haben wir leider keine hier. Aber vielleicht willst du deine Kleidung ja am Schiffsbug aufhängen. Die Tour dauert circa zweieinhalb Stunden. Dann ist sie sicher trocken, wenn es nicht zu regnen beginnt!«

»Sehr lustig, Paul! Erstens ist das nicht meine Wäsche und zweitens … ach, das geht dich sowieso nichts an. Ist doch egal!«

Alleine diese Begegnung zauberte Werner wieder ein Lächeln ins Gesicht, sein Zorn war meist so schnell verraucht, wie er kam.

Lachend verschwand der Kapitän hinter einem hölzernen Verschlag. Er kannte Revierinspektor Zufall schon lange und wusste, wann er ihn weiter aufziehen konnte, oder wenn es besser war, ihn in Ruhe zu lassen.

Die *Star-Wars*-Fanfare ertönte erneut. Immer noch mit dem Wäschekorb beschäftigt, stand Werner an die Motorhaube gelehnt, mit seinem Körper einen zweiten Fall des Korbes verhindernd. Dieses Mal gelang es ihm ohne Probleme, den Anruf entgegenzunehmen. Aufs Display sah er nicht beim Abheben.

»Revierinspektor Werner.«

»Wo bist du denn? Bist du schon in Attersee?« Sein Freund Robert, Kontrollinspektor und Postenkommandant in Schörfling, war genervt wie so oft.

»Ja. Gerade gelandet. Was ist los?«

»Fahr bitte zur Unterstützung sofort rauf nach Palmsdorf, Ankerweg. Wir hatten einen Anruf. Dort ist etwas passiert. Anscheinend ein Unfall. Rettung, Notarzt und die Kollegen von Sankt Georgen sind bereits informiert und unterwegs. Vergiss nicht das Diensthandy und mach zur Sicherheit gleich mehrere Fotos.«

»Fahre sofort los!«

Er warf den Wäschekorb auf den Rücksitz, stieg ein und fuhr mit Blaulicht los.

Ein Traumtag. Erst ein Toter im Wasser, eine Erotikpuppe im Bootshaus, die Wäsche im Schmutz und nun das. Es war das zweite Mal, dass er sich selbst verfluchte, dass er am frühen Morgen die Verstärkung eines Beamten abgelehnt hatte. Sein Kollege Gunter Dübel, ohne »ü« im Vornamen, war krank geworden, und Preuner hatte ihm vorgeschlagen, eventuell einen Polizisten aus Lenzing oder Sankt Georgen anzufordern.

Während der zwei Kilometer langen Fahrt wurde ihm klar, dass am Ankerweg seine Tante Vera wohnte. Das Signalhorn, das er an dieser wenig befahrenen Wegstrecke am Samstagnachmittag sicher nicht gebraucht hätte, erlaubte ihm, schneller zu fahren. Beim Einlenken in die Straße, entdeckte er sofort im Acker ein Fahrzeug auf dem Dach liegend.

So wie das Feld rundherum und der Wagen aussahen, hatte er sich mindestens einmal überschlagen. Einige Menschen liefen herum. Er stellte die Sirene ab und parkte in der Einfahrt seiner Tante. So wie er sie kannte, war sie wahrscheinlich bereits beim Unfallwagen. Revierinspektor Zufall stieg mit gezücktem Handy aus und drückte von hier aus sofort ein paarmal ab. Ohne nachzusehen, was und wie er getroffen hatte, steckte er das Gerät wieder in seine Tasche. Beim sich Annähern an die Unfallstelle knurrte ihn ein Hund an, ein kleiner Dackel. Er mochte keine Hunde. Diese blöden Viecher hatten alle eine Uniformphobie. Ein Signalhorn vom herannahenden Rettungs- und Notarztwagen sowie einem Einsatzfahrzeug der Feuerwehr irritierte das Tier, welches nun bellend zwischen dem Unfallort und den Leuten herumsprang.

»Kann bitte jemand diesen Hund hier in Schach halten. Zu wem gehört er denn,« schrie er gegen alle anderen Geräusche und Töne an, deren es nicht wenige hier gab.

»Waldemar, komm her. Bei Fuß.«

Eine Frau um die 40 in abgewetzter Trainingshose und verwaschenem Sweater nahm das Tier an die Leine und zog es sichtlich gegen seinen Willen vom Geschehen weg.

Werner dankte ihr mit einer Geste und erkannte in ihr die Nachbarin der Tante, zu der er kaum Kontakt hatte – nicht mehr als ein, meist einseitiges freundliches Grüßen, wenn sie sich über den Weg liefen.

Mehrere Menschen hatten versucht, den Verunglückten aus dem Wagen zu ziehen, was aufgrund der verklemmten Tür nicht möglich war. Revierinspektor Zufall bedeutete den Umherstehenden, den Sanitätern Platz zu machen und die Bergung des Verletzten den Fachleuten zu überlassen. Während sich die eingetroffenen Feuerwehrmänner an der Wagentür zu schaffen machten, schritt Werner wieder auf das Haus seiner Tante zu, auf dessen ungefährer Höhe das Gefährt die Straße verlassen haben musste. Er betätigte die Foto-App auf dem Handy, um weitere Aufnahmen zu machen, auch von den Spuren im Feld. Am Display sah er einen zweiten Feuerwehrwagen und die Kollegen aus Sankt Georgen auf sich zukommen. Einen Blick zum Haus seiner Tante werfend, entdeckte er sie rauchend im ersten Stock am Klofenster stehen. Mit einem kurzen Winken und Kopfnicken gab sie ihm ein Begrüßungszeichen. Sie würde er später besuchen, nicht nur, um sie als Zeugin zu befragen, auch wegen der mehrmals verschmutzten Wäsche seines Vaters.

Er vertrieb die Schaulustigen, die inzwischen mehr geworden waren. Den Gesprächen der Einsatzleute entnahm er, dass im Wageninneren ein schwer verletzter Mann eingeklemmt war. Sonst war niemand im Auto und anscheinend auch kein weiteres Fahrzeug in den Unfall verwickelt. Die Wagentür musste aufgebrochen werden. Jetzt wurde ihm klar, welche zusätzliche Lärmquelle ihn hier irritiert hatte. Das Autoradio. Funktionstüchtig, tönte es laut. Das freie *Radio Salzkammergut*, das bekannt war für ungewöhnliche Musik, spielte – makabererweise – den Titelsong »In the Death Car« aus dem Spielfilm *Arizona Dream*. Werner mochte den Song und ebenso den schrägen Film mit Johnny Depp in der Hauptrolle.

Nach endlosen Minuten konnte man einen blutüberströmten und reglosen Mann bergen. Das Radio wurde endlich von einem Feuerwehrmann abgestellt. So wie der Unfallfahrer aussah, war er nicht angegurtet gewesen, vermuteten die inzwischen versammelten Polizisten. Unüblicherweise machte Werner von dem Verletzten Aufnahmen. Nach einigen Minuten der Erstversorgung und Stabilisierung des immer noch bewusstlosen Fahrzeuglenkers brauste der Einsatzwagen Richtung LKH Vöcklabruck los. Bevor der Unfallwagen aufgestellt und von seinen Kollegen gesichert wurde, wollte er nochmals aus verschiedenen Blickwinkeln Fotos schießen. Es fiel ihm leichter, die teilweise schlimmen Bilder über das Display des Mobiltelefons zu betrachten. So hatte er mehr Abstand zu den unschönen Szenen. Nachdem dies erledigt war und die Beamten aus Sankt Georgen das Wageninnere nach Wertgegenständen und Ausweispapieren abgesucht hatten, gaben sie den Wagen zum Abtransport frei. Außer einem Pass, in dem der Führerschein und der Zulassungsschein steckten, hatte sie nichts Wichtiges oder Wertvolles gefunden. Er vereinbarte mit den Kollegen, dass er ihnen die Fotos vom Unfall schnellstmöglich zukommen lassen würde.

Der herbeigerufene Abschleppwagen des Pannendienstes war eben eingetroffen, und mithilfe der Feuerwehreinsatzkräfte wurde das beschädigte Auto aufgeladen.

Revierinspektor Zufall gab Robert per Telefon die Sachlage durch und blickte nochmals zu dem zerstörten Fahrzeug, um die Autonummer zu notieren. Da wurde ihm plötzlich bewusst, dass er heute Morgen genau diesen Wagen wegen erhöhter Geschwindigkeit angehalten hatte.

12

Samstagnachmittag

Nach unzähligem sowie unaufhörlichem Abspielen der Seite A der Langspielplatte »Spirits Having Flown« von den *Bee Gees*, konnte und wollte Natascha sie nicht mehr hören. Hatte die Musik ihr vorerst geholfen, sich zu beruhigen, sich zu sammeln und kurz einzudösen, so nervte sie jetzt unendlich und führte ihr die Hilflosigkeit, das, im wahrsten Sinn des Wortes, Angebundensein vor Augen.

Der Plattenspieler war mit einer Endlosschaltung ausgestattet, die veranlasste, dass nach Beenden der Abspielfunktion der aufliegenden Vinylplattenseite der Tonarm jedes Mal wieder von Neuem am Beginn der Abspielrille aufgesetzt wurde. Sie kannte das Gerät, als Kind von dieser Funktion fasziniert, hatte sie stundenlang damit Musik hervorgezaubert. Das wiederholte Aufsetzen der Nadel erschien ihr damals wie von Zauberhand ausgeführt. Am liebsten hatte sie es bei den Singles beobachtet, bei denen bereits bei Ende eines Musikstückes und nach einem mechanischen Klacken alles von vorne begann. Ihr Vater hatte sogar ein älteres Gerät, das in der Mitte des Plattentellers auf einer dünnen Stange mehrere Singles, übereinander geschichtet, abspielen konnte. Kaum war ein Song zu Ende und der Tonarm ging seitlich weg, fiel der nächste Tonträger herab, und die Nadel wurde automatisch wieder aufgesetzt. Ein Zauberding für Kinderaugen.

Doch jetzt hatte die junge Frau keinen Sinn für nostalgische Erinnerungen. Sie ergriff hinter ihrem Kopf ein winziges Kissen und warf es mit der freien Hand in die Richtung, aus der die Musik kam. Zu ungeschickt. Ohne den Plattenspieler zu treffen, fiel es außerhalb ihres Sichtbereichs zu Boden. Die linke Schulter mit dem Arm rückwärts gedehnt und gedreht, versuchte sie, das Wurfgeschoss zu ergreifen, was bei Griffen ins Leere blieb. Durch das sich Strecken fuhr ihr ein unbändiger Schmerz in den rechten Fuß und nahm ihr beinahe die Besinnung. Sie bäumte sich auf, schrie, ohne Worte zu formulieren. Ohne etwas Bestimmtes artikulieren zu wollen. Natascha schrie und schrie und schrie. Zerrte vor Pein und Zorn an ihrer gefesselten Körperhälfte, warf sich, soweit es ging, hin und her. Das dadurch entstehende intensivere Kopfweh ignorierend. Dabei stieß sie den bereitgestellten Wasserkrug neben sich um. Das Wasser ergoss sich auf den Boden vor ihrer Pritsche, lediglich ein kleiner Rest blieb in dem bauchigen Behälter aus dickem Glas.

Aus dem Schreien wurde ein Wimmern. Tränen liefen über ihre Wange, derer sie, seit sie hier war, viele vergossen hatte. Alle möglichen Hilferufe und Schimpfwörter hatte sie in den letzten Stunden ihrem papierenen, nackten weiblichen Gegenüber auf der Innenseite der Tür entgegengerufen. Es schien wirklich der Vorhersage ihres Entführers zu entsprechen, dass niemand sie hören konnte. Nicht der Wahrheit entsprochen hatte im Gegensatz, dass der Mann zurückkommen würde, um sie freizulassen.

Ihr rechtes Handgelenk war blutig gescheuert. Der Kabelbinder hatte sich inzwischen so fest zugezogen, dass er die Haut und Blutgefäße mit seinen Rändern abgedrückt und aufgerissen hatte. Schlimmer war es mit ihrem Fußgelenk, es schmerzte entsetzlich. Das Kunststoffband hatte sich in das bisschen Fleisch oberhalb des Knöchels tief eingegraben. Sie hatte zur Milderung versucht, einen Teil des Leintuchs zwischen Haut und Plastik zu schieben, was ihr mit einer Hand schlecht und recht gelang.

Ermattet vom Ankämpfen gegen die Ausweglosigkeit, gepeinigt von den Schmerzen, vereinigten sich Tränen, Speichel, Schweiß und Blut auf ihrem zierlichen nackten Körper. Der Vernunft entzogen, leerte sie das Wasser aus dem umgekippten Glaskrug über Brust und Bauch. Der Drang nach ein bisschen Reinlichkeit ließ sie vergessen, dass es für diese kostbare Flüssigkeit später wichtigere Einsatzmöglichkeiten geben würde.

Weiterhin die *Bee Gees* in den Ohren, warf sie mit einem kraftlosen Schrei den leeren Krug in Richtung der Musikquelle. Sie traf damit die Wand oberhalb des Plattenspielers. Da sie nicht hinsehen konnte, nahm sie den dadurch entstehenden Krach in einzelnen Tonsequenzen war. Es war ihr, als könne sie in Zeitlupe hören, wenn auch der Vergleich hinkte.

Das Aufschlagen und Zerbrechen des Gefäßes an der Mauer. Neben verschieden großen Splittern des berstenden Glases sowie Bröckchen aus dem feuchten Putz der Wand, die herabfielen und rieselten, schlug der schwere Glasboden mit Getöse auf den sich drehenden Plattenteller auf. Die letzte Nummer der A-Seite »Spirits Having Flown« wurde abrupt beendet, der Tonarm abgeknickt und endgültig von der zeitgleich zerbrechenden Vinylplatte gefegt. So gerne hätte er wieder mit dem Titel »Tragedy« das Abtasten begonnen.

Schwer atmend lag Natascha auf ihrer Pritsche. Mit dem verschmutzten Leintuch zwischen ihren Füßen trocknete sie ihre nasse, nackte Brust und den Bauch ab. Stierte mit leerem Blick benommen zur Decke, welche einen Neuanstrich bitter nötig hatte. Sie genoss die ersehnte, selbst herbeigeführte Stille. Hörte ihre eigene hektische Atmung, versuchte, flacher und ruhiger damit zu werden. In diesen ersten, der unerträglichen Beschallung entronnenen Sekunden, vergaß sie sogar ihre Sorgen und Schmerzen. Sie schloss die Augen, zwang sich zur inneren Ruhe, gab sich dem Drehen und der Benommenheit in ihrem Kopf hin und schlief wenige Minuten später erschöpft ein.

Und genau dadurch verstrich ungenutzt die Chance, durch lautes Schreien gehört und gerettet zu werden. Ein Mann im gesetzten Alter, geschmückt mit einem teuren Strohhut, ruderte nahe am Ufer vorbei. In dem kleinen Kunststoffboot lagen mehrere Angeln und andere Utensilien, die er zum Fischen benötigte, sowie ein paar gefangene Saiblinge, die heute Abend, selbst zubereitet, auf dem Familientisch landen sollten. Ein Schriftsteller aus der Gegend, der seit Jahrzehnten in Wien lebte und immer wieder gerne Zeit am Attersee verbrachte, um ebenfalls den Seelenfrieden auszukosten. Auch wenn er es mit weitaus blumigeren Wörtern beschreiben würde.

13

Samstag, später Nachmittag

Rudi stand auf der Terrasse des Elternhauses in Kammerl, einem Ortsteil von Schörfling, der sich am See Richtung Weyregg entlangzog. Bewaffnet mit einem alten grünen Feldstecher, ein Jagdrelikt seines verstorbenen Großvaters, blickte er über die Wasserfläche Richtung Litzlberg und Buchberg. Dort, wo er Natascha das letzte Mal gesehen, geküsst und berührt hatte. Ihr mit dem Ruder die Besinnung geraubt und bei einem Fremden zurückgelassen hatte. Seit einer Stunde stand er hier an der gleichen Stelle, versuchte zu sehen, was er von hier aus gar nicht sehen konnte. Enttäuscht stellte er das Fernglas auf einem Gartentisch ab, auf dem die herabgefallenen Blätter einer mächtigen Birke das Tischtuch ersetzten. Er nahm auf einem der dazugehörigen Gartenstühle aus Metall Platz. Seine Mutter hatte die Polsterungen bereits entfernt, um sie zu waschen. So musste er sich mit der ebenfalls von Laub bedeckten Sitzfläche begnügen. Mit einer Hand über den Oberschenkel streichend, kamen ihm die Bilder des vergangenen Abends wieder in den Sinn. Ein tief eingedrungener Rest des abgebrochenen Spans eiterte unterhalb des kleinen Fingers, und oberhalb seines rechten Knies war alles blau eingefärbt mit ausfransenden gelblichen Rändern. Verursacht durch den Schlag des hölzernen Ruders, den ihm der unbekannte Mann versetzt hatte. Als wäre der Hieb nicht genug gewesen, hatten ihm die Metallbeschläge des Ruderblattes zusätzlich die Hose zerfetzt und die Haut darunter aufgeritzt. Daraufhin war er geflüchtet, er hatte tatsächlich größere Angst um sich selbst als um Natascha. Mit Vaters Rasierwasser beträufelt und mit mehreren Pflastern abgedeckt, dürfte er die Wunde ausreichend behandelt haben. Die verschiedenen Farbverläufe der getroffenen Stelle würde er noch länger an seinem Oberschenkel sehen und spüren. Nichts gegen die Pein, der Natascha ausgesetzt war und von der Rudi nicht den Funken einer Ahnung hatte.

Eine ausreichende und vor allem begründete Erklärung dafür, seine bewusstlose Freundin einem fremden Mann überlassen zu haben, fand er nicht. Angst und Unsicherheit ausgenommen.

Er hatte nach dem Vorfall das Boot zu der Bootsvermietung zurückgebracht, bei der er es ausgeliehen hatte, da er einen Schlüssel besaß, um dort in der Funktion eines Tischlerlehrlings mit Holzarbeiten auszuhelfen. Mit dem elektrischen Außenbootmotor, dessen Verankerung er selbst gebaut hatte, war er rasch wieder zurück in Seewalchen. Er hatte zuletzt mit 13 Jahren geweint, als seine geliebte Großmutter zu Grabe getragen wurde. Bei der Rückfahrt am Wasser trieb es ihm die Tränen in die Augen. Einerseits vor Schmerz, da sein Oberschenkel wie verrückt brannte, und andererseits aus Angst und dem Gefühl des Versagens. Er konnte nun nachempfinden, wie sich ein Sünder oder zu Unrecht Angeklagter aus den von ihm gern gelesenen Fantasyromanen fühlte, der auf seine Verhandlung und Verurteilung warten musste.

Er zwang sich zu glauben, dass der Fremde Natascha zu einem Arzt gebracht hatte. Die Befürchtung, dass es nicht so war, hatte er verdrängt, obwohl der Gedanke zutreffender war als alles andere. Denn warum hätte er ihn sonst mit Gewalt vertrieben?

Mit dem Motorroller und zwei Sturzhelmen war er zu dem Haus der Eltern in Kammerl gefahren, bei denen er lebte. Diesen zurufend, dass er sich unwohl fühle, hatte er sich in seinem Zimmer verkrochen. Hatte nicht den Mut, ihnen das Erlebte zu erzählen. Zu groß war die Angst vor den Auswirkungen des Einbruches und des persönlichen Versagens. Er hatte Natascha vergangene Nacht ständig angerufen. Ohne Erfolg.

Am frühen Samstagmorgen fuhr er zu ihrer geschmackvoll ausgestatteten Garçonnière, wenige Kilometer weiter, kurz vor Seeberg gelegen. Von ihren vermögenden Eltern hatte sie zum 19. Geburtstag diese Wohnung als Geschenk erhalten, mit begrünter Liegefläche am See für die Hausbewohner. Ihre Mutter sowie der Vater hatten keine Ahnung davon, dass sie nicht in Salzburg Kunstgeschichte studierte, sondern eine Lehre als Kosmetikerin und Fußpflegerin in Schörfling begonnen hatte, was ihr wirklich Spaß machte. Ihre geschiedenen Eltern waren zeitlebens mit ihrer eigenen Karriere beschäftigt, deshalb hegte niemand den Verdacht, dass sie von ihrer inzwischen volljährig gewordenen Tochter belogen wurden. Von ihrem Freund hatten sie keine Ahnung, es interessierte sie auch nicht. Natascha hatte Rudi erst am Tag zuvor einen Zweitschlüssel übergeben. Für alle Fälle. Und so ein Fall war nun eingetreten.

Die Wohnung war leer, das weiße Bett unberührt, und ihr ebenso weißer Fiat stand auf dem der Liegenschaft zugewiesenen Parkplatz neben dem Haus. Auch ein Geschenk der großzügigen Eltern, als kleines Weihnachtspräsent sozusagen, da sie sich weigerte, in Salzburg wohnhaft zu werden. Für das Leben am See würde sie gerne die Strapazen auf sich nehmen und mit dem Auto nach Attnang-Puchheim fahren, um sich von dort mit dem Zug weiter zur Universität transportieren zu lassen.

Gegen Mittag startete Rudi seinen Roller, um nochmals vor Ort nach Natascha zu forschen. Links unter der Buchberger Kirche passierte er die scharfe Kurve und entdeckte verschiedene Einsatzfahrzeuge bei einem Haus am See. Die Heckklappe eines schwarzen Wagens, des Bestattungsinstitutes aus Timelkam, wurde soeben geschlossen. Schlimmste Befürchtungen stiegen in ihm auf. Hatte dieses Schwein Natascha umgebracht? Wäre er sofort zur Polizei gegangen, hätte er sie retten können. Was war er doch für ein Feigling!

Mehrere Personen standen schwatzend beim Haus und auf der ohnehin schmalen Straße herum. Er stellte sein Motorrad neben ihnen ab und fragte mit erstickter Stimme, ohne abzusteigen oder den Helm abzunehmen:

»Was ist denn da passiert?«

Ein Mann um die 50 Jahre sah ihn prüfend von oben bis unten an und machte keine Anstalten, ihm zu antworten. Die Frau neben ihm, um einiges älter, starrte ihn ebenfalls wortlos an. Die anderen hatten sich nicht einmal nach ihm umgedreht und unterhielten sich, ihn ignorierend. Rudi ahnte, dass er nicht als Einheimischer identifiziert worden war. Könnte ja jeder daherkommen und fremde Leute ausfragen! Deshalb stellte er die Frage detaillierter:

»Meine Schwester hat hier irgendwo bei ihrer Freundin geschlafen, ich sollte sie abholen.« Dabei zeigte er auf den zweiten Sturzhelm, der am Roller befestigt war. »Ich hoffe, es ist ihr nichts zugestoßen!«

Nun bekam er Antwort, mit einer furchtbar hohen Stimme, die so gar nicht zu dieser dicken Frau passte: »Nein, nein. Deiner Schwester ist nichts passiert. Ist ein junger toter Mann mit langen Haaren. Wahrscheinlich keiner von hier. Da haben sie ihn jetzt hineingeschoben.«

Sie deutete mit einer vagen Handbewegung auf den Leichenwagen, der soeben von der Einfahrt des Hauses zurückschob. Bevor sie weitersprechen konnte, hatte Rudi sein Gefährt gestartet, sich für die Auskunft bedankt und war weitergefahren.

Ziellos fuhr er zwischen dem Gemeindegebiet von Seewalchen und Attersee herum. Hielt bei jedem Grundstück, sah über Büsche, durch Zäune und andere Abgrenzungen neben der Straße und den anliegenden Badeplätzen. Wenn diese frei zugänglich waren, stellte er seinen Roller ab und trat ans Ufer. Zog das mitgebrachte Fernglas aus der Umhängetasche. Suchte alle Liegenschaften ab, ob er eventuell die alte Zille ausmachte. Bei einigen Bootshäusern, denen er sich ohne Hürden nähern konnte, rief er durch die hölzerne Vertäfelung Nataschas Namen. Hoffte auf eine Antwort und befürchtete gleichzeitig, sie irgendwo tot liegend oder im Wasser treibend zu sehen. Nach vielen Kilometern und mehrmaligem unbefugten Betreten von fremden Grundstücken und Pfahlbauten gab er resigniert auf und fuhr wieder zurück zu seinem Elternhaus. Der zweite Sturzhelm baumelte weiterhin auf dem Motorrad, als Zeichen der Hoffnung der bisher erfolglosen Suche.

14

Palmsdorf, nach dem Unfall

Nachdem Revierinspektor Zufall den Kollegen vor Ort geholfen hatte, die persönlichen Dinge des soeben Verunglückten zu bergen, informierte er seinen Vorgesetzten Preuner in Schörfling über den Sachverhalt.

Anschließend begab er sich zum Eingang des Hauses der Tante, dem breit getretenen Hundedreck vor sich ausweichend. Er drehte kurz den Kopf zu den Nachbarn, deren Köter höchstwahrscheinlich der Verursacher dieser auf fremdem Boden verübten Verunreinigung gewesen war.

Die schneeweiße Haustür war lediglich angelehnt, er klopfte an den Türrahmen und rief in den leeren Flur.

»Tantchen?«, so nannte er sie meistens liebevoll, »kann ich mit dir sprechen? Wegen des Unfalls!«

Es war ihm vorhin aufgefallen, dass Vera irgendwann im Toilettenfenster nicht mehr zu sehen war. Was ihn überraschte, da er wusste, wie neugierig sie in polizeilichen Angelegenheiten war. Bei seinen Besuchen drängte sie ihn jedes Mal, spektakuläre Geschichten aus der Berufspraxis zu erzählen. Manchmal erfand er Verbrechen, wandelte Fälle, die in anderen Bezirken oder Bundesländern geschehen waren, in unterhaltsame Storys um.

Es hatte einen driftigeren Grund, warum Vera vom Fenster verschwunden war. Sie hatte für das Geschehen am Feld keine Beachtung mehr, da sie ihre Spuren verwischen musste, mit kriminellem Terminus ausgedrückt. Ihre Tat und alles andere möglichst als ungeschehen betrachten. Doch ihr schlechtes Gewissen hielt sie davon ab. Das Gewehr samt Munition blieb in der Küche liegen, bereit für weitere Verwendung, von wem auch immer. Den nicht zu Ende gerauchten Joint im Aschenbecher neben der Sitzgarnitur auf ihrer Terrasse hatte sie vorsorglich verdeckt. Nun saß sie dort, hörte eine CD von Janis Joplin, deren Karriere durch eine Überdosis Heroin zu früh geendet hatte. Im Moment lief der Titel »Bobby McGee«, der ihre Lust auf einen *Ofen* verstärkte. Sie war nicht mehr imstande, rationell zu denken, darum rauchte sie eine Zigarette nach der anderen. Sie wusste, dass ihr Neffe bald zu ihr kommen würde. Und dabei vielleicht das Gewehr entdeckte. Sie war nicht gewillt, ihn zu belügen, bereitete sich darauf vor, ihm alles zu erzählen.

Werner Zufall betrat das Gebäude, hörte Musik, deren Quelle er auf der Terrasse vermutete. Er ging ihr nach.

»Vera? Tantchen?«

Keine Antwort, er kam in das Wohnzimmer, das für ihn eher wie ein Salon aus einem englischen Cottage wirkte. Bereits als Kind war er oftmals durch die Glastür auf die Terrasse und hinaus in den Garten getreten. Draußen saß seine Tante auf einem deutlich abgenützten Korbstuhl, rauchend und einen imaginären Punkt in weiter Ferne fixierend. Was ihn vollends irritierte, war das lange Ding auf der Anrichte der Küche. Die Tür war offen, und so hatte er die Waffe gesehen. Er erinnerte sich daran, wusste jedoch nicht, dass es dieses Luftdruckgewehr noch gab.

Warum lag es da? Hatte seine Tante damit etwas vor? Gab es einen Zusammenhang mit dem Unfall am Feld?

Er stand neben Vera, die ihn immer noch anscheinend nicht richtig wahrnahm.

»Tantchen. Ich habe geklopft und gerufen, die Tür war offen.«

»Ahh … was?«

Vera erschrak. Ihre glühende Zigarette fiel auf ihren inzwischen so gut wie möglich gereinigten Raschgrasschuh. Mit einem Schrei sprang sie auf und bückte sich nach dem Glimmstängel, bevor er ihren Schuh in Brand steckte.

»Was ist los? Was stimmt hier nicht? Geht es dir nicht gut?«

Sie blickte ihn mit verzweifeltem Ausdruck an, sagte nichts und zog dafür heftig an der Zigarette, deren Glut dadurch ihre Finger anzusengen drohte. Sie rauchte meist Selbstgedrehte.

»Vera! Was macht das Gewehr in der Küche?«

Unnötig lange drückte sie den Stummel in dem übergroßen gläsernen Aschenbecher mit Gasthausaufschrift aus. Ein besseres Beweisstück für einen Diebstahl konnte es nicht geben. Sie sah Werner mit schuldbewusster Miene an, und plötzlich kam Regung in ihre versteinerte Haltung, als hätte sie immer schon auf diesen Augenblick gewartet. Sie streckte ihm die Hände entgegen:

»Herr Revierinspektor! Ich bin die Mörderin! Sie müssen mich sofort verhaften! Die Tatwaffe haben Sie bereits gesehen. Sie können sie in der Küche sicherstellen. Ich werde mich noch umziehen, dann komme ich mit Ihnen.«

Werner Zufall war baff. Bevor er seiner Tante antworten beziehungsweise eine Frage stellen konnte, war sie an ihm vorbei und stieg die Treppe hinauf. Sicherlich, um aus ihrem Schlafzimmer etwas zu holen.

Er folgte ihr bis zum oberen Treppenansatz, es war ihm als Neffe peinlich, in ihren Privatbereich vorzudringen.

»Werner? Welche Dinge benötige ich im Gefängnis? Was darf ich dorthin mitnehmen?«

Auch wenn sie sich als vermeintliche Mörderin geoutet und ihn förmlich angesprochen hatte, verstand er nicht, was hier vorging. Auf den letzten Stufen am hölzernen Stiegengeländer lehnend, rief er ihr zu: »Tante Vera! Komm bitte runter und sprich mit mir!«

»Werner? Darf man in einem Gefängnis rauchen?«

Ihre Stimme war durch die offen gelassene Schlafzimmertür deutlich zu hören. Weiters waren verschiedene Geräusche wie ein Rascheln und das Zuziehen eines Reißverschlusses zu vernehmen.

»Ja, darf man, zumindest ab und zu. Komm jetzt bitte, oder muss ich dich selber runterschleppen?«

»Gut. Bin schon fertig. Können wir bitte unten in Attersee beziehungsweise in Seewalchen an einem Zigarettenautomaten haltmachen? Oder gibt es in den Haftanstalten auch solche Automaten?«

»Vera, das weiß ich doch nicht! Und es tut im Moment auch nichts zur Sache.«

Er war mit seiner Geduld am Ende.

»Ich komme jetzt und hole dich!«

Er setzte gerade den ersten Fuß auf die oberste Schwelle, als die Tür des Schlafzimmers mit lautem Knall zugeworfen wurde. Vera in Jeans, Turnschuhen, blauem T-Shirt und dunkler Jacke stürmte mit einer Sporttasche in der Hand an ihm vorbei.

»Bin gleich soweit, Werner. Bitte hab ein paar Minuten Geduld, ich möchte noch den Rasen spritzen und meine Pflanzentöpfe gießen. Fürs Reden habe ich in den nächsten Jahren genug Zeit.«

Die Tasche im Flur bei der angelehnten Haustür abgestellt, am Weg durch die Küche, an der Waffe vorbei, in den Garten, befahl sie ihm: »Du könntest ja inzwischen die Tatwaffe sicherstellen. So nennt ihr das bei der Polizei. Oder nicht?«

Der Revierinspektor hatte Mühe, seiner Tante in Bewegung und Worten zu folgen. War sie jetzt komplett übergeschnappt?

Wenige Minuten später stand sie im Garten, statt dem Gewehr den Gartenschlauch in Händen und bewässerte die Wiese, als wäre es die letzte Feuchtigkeit, die das Erdreich für die nächsten Jahre bekommen würde.

Werner wurde zornig. Und das kam selten vor. Er kapierte nicht, was Vera für eine Show hier abzog. Und vor allem weshalb? Er ließ die Waffe liegen, ohne sie zu sichern und zu verwahren. Diensttechnisch gesehen wäre dies mit Vorrang zu behandeln gewesen, nur war ihm das im Moment egal.

Er folgte seine Tante ins Freie und schritt von hinten auf sie zu. Packte sie an den Schultern und drehte sie zu sich, vergessend, dass sie den Wasserschlauch vor ihrem Körper hielt.

Noch nie war ihm mit solcher Wucht Wasser in Nase und Gesicht gespritzt worden. Die Mütze durch den Schwall vom Kopf gerissen, flog vor ihm ins Gras. Er folgte ihr prompt. Einem auf dem Rücken liegenden Käfer gleich rang er nach Luft. Mit Tränen in den Augen blickte er ungläubig zu Vera, die den Wasserschlauch fallen gelassen hatte und ihrerseits erschrocken auf ihn hinabsah. Zwischen seinen Füßen tanzte das Mundstück des wasserspeienden Schlauches wild herum und bespritzte ihn, die Uniform, die Mütze sowie Veras Beine.

»Abstellen! Stell das verdammte Wasser ab!«

Da er seine Tante noch nie angeschrien hatte, besann sie sich und drehte den antik wirkenden Hahn an einem alten Steintrog zu.

»Wurde aber auch Zeit!«

Er rappelte sich hoch, versuchte, die Nässe an seiner Kleidung abzuwischen, als wäre sie verschmutzt.

»Vera! Setz dich sofort da hin und rühr dich nicht, bis ich es dir wieder gestatte. Ist das klar!«

Auf die Gartengarnitur deutend, richtete er sich endgültig auf und schälte seinen Oberkörper aus der Dienstkleidung.

»Ich habe im Auto noch Wäsche. Die hole ich jetzt. Und du bleibst hier sitzen. Versprichst du mir das? Ich bin gleich wieder da!«

Kleinlaut versicherte sie ihm, dass sie sich hier nicht wegbewegen und auf ihn warten würde.

Der durchnässte Revierinspektor ging außen ums Haus herum zum Wagen. Mit dem Diensthandy informierte er in Schörfling seine Kollegen, dass er noch etwas Zeit benötige.

Und wieder hätte ein Influencer genug Fotomotive fürs Internet gefunden, während sich Werner neben dem Polizeiwagen der nassen Dienstkleidung entledigte. Und aus dem Wäschekorb, den er auf dem Wagendach abgestellt hatte, die Kleidung seines Vaters anprobierte, die ihm weder passte, noch wirklich stand. Die Polizeiuniform lag zum Trocknen ausgebreitet auf der Motorhaube und dem Dach. Dass Vera eventuell einen Wäschetrockner hatte, kam ihm nicht in den Sinn.

Einem halb nackten Jägersmann gleich, das grüne Hemd über dem nicht unbeträchtlichen Bauch offen stehend, da es ihm zu eng war, drehte er sich zur Straße um. Er hatte gehört, dass jemand die Hauszufahrt betreten hatte. Die Nachbarin stand da, schaute ihn abschätzig ob seiner eigenartigen Kleidung an und überreichte ihm einen Schlüsselbund mit einem undefinierbaren Anhänger aus Stoff.

»Den hat der Hund vom Feld mitgebracht. Gehört wahrscheinlich dem Fahrer. Der, den ihr gerettet habt, oder auch nicht.«

Sprach's, drehte sich um und verschwand Richtung Nachbarhaus.

Werner steckte den Schlüssel ein und betrat die Terrasse. Seine Tante hatte auf ihn gewartet. Doch nicht so, wie er sich das vorgestellt hatte.

Sie rauchte etwas, das anders roch als eine normale Zigarette. Dazu röhrte Janis Joplin ihren Song »Try, just a little bit harder« aus dem CD-Player neben der Glastür.

»Was rauchst du da?«

»Einen Joint!«

»Einen *was*?«

»Einen Joint!«

»Einen *Joint*?«

»Ja, auch *Ofen* genannt. Bio!«

»Bio?«

»Ja, bio. Aus eigenem Anbau. Selbstversorger sozusagen. Mehr gesund als schädlich.«

»Bist du wahnsinnig?«

»Ja, vielleicht ein bisschen. Jetzt ist sowieso alles egal. Willst du auch einen?«

»Tantchen! Was soll das? Hör sofort auf damit und erzähl mir, was hier los ist!«

Die Trompeten, die aus dem CD-Player tönten, wurden immer lauter, und die Sängerin schrie sich endgültig die Seele aus dem Leib.

»Tryyyyyy!«

Werner wusste gar nicht, dass man so viele Ypsilons hintereinander singen beziehungsweise schreien konnte.

»Und stell bitte diese furchtbare Musik ab. Das ist ja alles hier nicht mehr auszuhalten!«

Er war unschlüssig, ob er sich als ihr Neffe zu ihr setzen oder als strenger Gesetzhüter über sie wachen sollte.

Folgsam stellte sie das Gerät ab. Während sie Werner anfangs noch unter Tränen von den Nachbarn und deren herumscheißendem Hund sowie den furchtbaren Folgen ihres Rachefeldzuges erzählte, rauchte sie ihren Joint fertig. Und je länger sie genussvoll das Kraut inhalierte, desto weniger schrecklich fand sie das Vorgefallene.

15

Samstagabend

Werner Zufall war geschafft, erledigt. Der Tag war für ihn der blanke Horror gewesen. Eine Stresssituation nach der anderen von morgens bis abends. Das Ergebnis einer oftmals überzeichneten Selbstlosigkeit und falschen Selbsteinschätzung, die ihn behaupten hatten lassen, er könne den Dienst ohne zweiten Kollegen durchstehen. Es sollte ihm eine Lehre gewesen sein und in Erinnerung bleiben.

Mit der Tante und frischer Wäsche von der Vorwoche am Rücksitz – selbst an das hatte sie in dem ganzen Wahnsinn gedacht – war er zuerst von Palmsdorf nach Weyregg gefahren. Vorrangig war, dass er sich eine trockene Uniform holte. Mit Vaters offenem Hemd getraute er sich nicht, am Posten auftauchen. Endloses Gespött wäre ihm sicher gewesen.

Zu viel Aufwand und zu kompliziert, Jakob über die Sache zu informieren, ließ er den Schreibblock am Küchentisch unbenutzt, der ihnen für häusliche Angelegenheiten als Kommunikationsmittel diente. Gerne hätte er noch geduscht. Dagegen sprach, dass er sich nicht getraute, Vera in ihrem bekifften Zustand länger unbeobachtet im Wagen zurückzulassen.

Obwohl in diesem Fall vorerst die Polizeiinspektion Sankt Georgen im Attergau zuständig gewesen wäre, bestand seine Tante darauf, in Schörfling vernommen zu werden. Was natürlich Preuner übernahm, da Werner als Verwandter als befangen galt.

Währenddessen widmete er sich dem Verfassen seines Berichts über das Vorgefallene.

Veras Waffe galt als beschlagnahmt, und sie wurde auf freiem Fuß angezeigt. Fahrlässige Körperverletzung beziehungsweise Gefährdung der körperlichen Sicherheit wurde ihr zur Last gelegt, die Sachlage musste weiters von professioneller Seite überprüft werden.

Hätte sie den Hund ohne absichtliches Quälen erfolgreich getötet, wäre zusätzlich eine Sachbeschädigung dazugekommen. Vor dem Gesetz galt ein Tier als Sache und nicht als schützenswertes Lebewesen. Unerlaubter Waffenbesitz und deren Benützung lagen ebenfalls nicht vor, da das Kaliber unter der Sechsmillimetergrenze lag. Eine Erweiterung der Anzeige wegen unterlassener Hilfeleistung musste noch geklärt werden, da sie als Verursacherin und Beobachterin des Unfalls nicht geholfen und nicht selbst Rettung und Polizei verständigt hatte.

Vera gestand alles, war kooperativ, nur wollte sie nicht verstehen, dass sie wieder nach Hause durfte und nicht einmal für eine Nacht ins Gefängnis musste. Werner war sich nicht sicher, ob sie aus Interesse und Neugier mit einer Inhaftierung liebäugelte.

Bevor er sie zurückbrachte, besorgte er in der *Konditorei Ottet* Birnenreistorte. Sie liebten sie beide. Und es mussten natürlich für jeden zwei Stück sein, mit Himbeersoße.

Beim Verzehr in Palmsdorf versuchte Werner, seine Tante wegen der Drogen zur Vernunft zu bringen, und riet ihr, zum Schlafen eine Medizin zur Beruhigung einzunehmen, was Vera nicht vorrätig hatte. Und auch nicht brauchte, da der Joint für sie sowieso die gleiche Wirkung hatte. Nur nicht so schädlich. Doch das behielt sie für sich.

Später fand Werner endlich Zeit und Gelegenheit, sich mit dem Polizeiboot auf den See zu begeben, um seinen Seelenfrieden zu finden, den er sich nach diesen Strapazen redlich verdient hatte. Für solche Bootsfahrten war er stets komplett adjustiert, trug Dienstkleidung, denn niemand sollte ihm nachsagen können, er nütze das Dienstboot für private Fahrten. Genau genommen diente die Ausfahrt der Erhaltung seines Seelenheiles, das für die Arbeit und für die geforderte Achtsamkeit und die ständig steigenden Belastungen von enormer Wichtigkeit war.

Selbst wenn es dunkel war, bot der See seine Reize: die Lichter der umliegenden Häuser und Ortschaften, die sich im schwarzen Wasser spiegelten. Geräusche jeglicher Art, auch die des Verkehrs, die der Wind über die Wasserfläche zu ihm herübertrug und die er dumpf und verzerrt wahrnahm. Das Plätschern, das Brechen sanfter Wellen am eigenen Boot und an den an Bojen hängenden Schiffen. Dies alles bedeutete für ihn erfüllende Ruhe. Seelenfrieden. Abgeschiedenheit, nicht erreichbar zu sein; wenn er privat am See war, schaltete er das Handy ab oder nahm es gar nicht mit. Diese Momente kostete er aus, war für nichts als sich selbst verantwortlich. So konnte er die Welt aus der Ferne betrachten, entbunden von allen Forderungen und Zugriffen der Mitmenschen. Inbegriff des völligen Freiseins. Sich treiben lassen, physisch am Wasser, gedanklich in seinen Fantasien und Träumen. Selbstvergessen, bis ihn nicht vertraute Geräusche, egal von wo sie kamen, zurückholten in die Gegenwart, immer zum richtigen Zeitpunkt und an der richtigen Stelle am See, wohin das Boot getrieben wurde.

Doch heute nutzte er diesen Seelenfrieden, um die Gedanken zu ordnen, den heutigen Tag Revue passieren lassen und zu versuchen, alles Vorgefallene zu verstehen und zu verkraften.

Er dachte an den verletzten und angeschossenen Mann, der vom *Roten Kreuz* ins Krankenhaus nach Vöcklabruck transportiert und dort notoperiert wurde. Ins künstliche Koma versetzt. Das linke Auge konnte nicht mehr gerettet werden, und ob er jemals wieder zu sich kommen würde, war ungewiss, zu schwer waren die Verletzungen. Laut Führerschein hieß der Mann Martin Selchgruber, wohnhaft in Attersee, in einem kleinen Häuschen direkt am See. Er dürfte dort alleine leben, da das Anwesen etwas verwahrlost aussah und niemand nach dem Läuten der Kollegen geöffnet hatte. Mehr war in dieser kurzen Zeit nicht auszumachen. Er hatte vor, am Sonntag das Haus selbst aufzusuchen.

Dass seine Tante, Vera Hubinger, äußerst seltsam war, war ihm bewusst. Er fand sie meist lustig und amüsant, doch dass sie zur Waffe griff und auf ein Lebewesen schoss, auch wenn es ein Tier war, überstieg sein verwandtschaftlich geprägtes Verständnis. In ihrer Pension würde ihr nicht allzu viel passieren: eine Geldstrafe und lebenslängliches Waffenverbot, das war ziemlich sicher. Also brauchte er sich nicht um seine Tante zu sorgen. Die Sache mit dem Joint und der kleinen privaten Hanfplantage hatte er nicht gemeldet, er nahm sich vor, sich selber später darum zu kümmern.

Seit Langem wieder hatte Werner Zufall das Verlangen, eine Zigarette zu rauchen. Nach stressigen Situationen kam dieses Gefühl gelegentlich auf. Er hatte vor über einem Jahr mit dem Rauchen aufgehört. Das Essen von Süßigkeiten kompensierte das Schlimmste, was ihm eine Gewichtszunahme von acht Kilogramm bescherte. Die dadurch entstehende finanzielle Belastung lag weit unter den Kosten der Zigaretten, vom Kauf neuer Kleidung in größerer Konfektionsgröße einmal abgesehen. Für solche suchterinnernden Fälle hatte er meistens eine Packung *Gummibärchen* auf dem Boot verstaut, jene mit den vielen Farben, die nicht nur die Kinder froh machten. Während er spielerisch zwei Stück, ein rotes und ein grünes, mit der Vorderseite aufeinanderpresste und in seinen Mund schob, kam ihm der Tote im Wasser in den Sinn. Auch in dieser Angelegenheit wollte er am nächsten Tag recherchieren. Der junge Mann mit dem langen Haar war nicht ermordet worden, wie sie am späten Nachmittag von der Gerichtsmedizin aus Linz erfahren hatten. Es handelte sich offenbar um einen Drogentoten, der seine äußerlichen Verletzungen post mortem erhielt. Das bedeutete, dass sich nach dem Ableben des Unbekannten jemand an dessen Körper zu schaffen gemacht hatte. Da er als heimischer Polizist ein paar Drogenabhängige kannte und deren Vertrauen genoss, wollte er vorerst einmal alleine recherchieren. Sein Vorgesetzter, Robert Preuner, hatte den Kollegen vom LKA mitgeteilt, dass Revierinspektor Zufall eine besondere Vorgangsweise bevorzugte.

Werner war der Ansicht, dass den Süchtigen mit Bestrafungen und Verboten nicht geholfen war. Deshalb war er einer der wenigen Polizeibeamten, mit denen diese Typen sprachen.

Über die Mutter in ihren Gummistiefeln konnte er inzwischen lächeln. Dass er sich selber am Wasser lächerlich gemacht hatte, war für ihn weiters kein Problem. Er war es gewohnt, mit seiner unkonventionellen und manchmal unbeholfenen Arbeitsmethode anzuecken oder von vielen nicht ernst genommen zu werden. Aber von den Einheimischen wurde er auch als Polizist gemocht, respektiert und nicht verdammt und verwünscht wie manche Kollegen. Das war ihm persönlich am wichtigsten, solang dies anhalten würde, durfte er seinen Beruf mit Sinn und Freude ausüben. Gewalt, Leichenfunde und Berührungen mit Toten ausgenommen. Er befürchtete, dass ihm der leblose Körper vom Vormittag in den kommenden Nächten in Träumen unterkommen würde. Der Polizeipsychologe sprach in solchen Fällen von unbewusster Erwartungshaltung.

Alle *Gummibärchen*, die er, schön nach Farben sortiert, neben ihm auf der Sitzbank aufgereiht hatte, aß er paarweise auf. Ein spielerischer Genuss, der ihn jedes Mal zum Lächeln brachte. Die goldene Plastikverpackung, die immer raschelte, wenn man sie auch nur anfasste, steckte er zusammengeknüllt in seine Hosentasche. Ein letztes Mal für diese Nacht sehnsüchtig über die dunkle Wasserfläche blickend, setzte er den Motor in Gang. Mit nach vorne ausstrahlender Beleuchtung bewegte er sich vom Wasser zurück ans Ufer. Mit entspannten Gesichtszügen, ruhiger und gelassener, als er vor einer Stunde aufs Boot gestiegen war, einem Lächeln auf den Lippen, da er an seinen Vater dachte, der wahrscheinlich schon wieder sein Bett mit einer fremden Frau teilte, die er am Morgen kurz kennenlernen würde.

16

Samstagabend, Weyregg

Werner Zufall saß in seinem bescheidenen Wohnzimmer im ersten Stock. Es war zugleich Arbeits-, Wohn-, Fernseh-, Gäste-, Rückzugs- und Schlafzimmer, wenn er vor dem TV-Gerät einschlief und zu faul war, um 3 oder 5 Uhr früh noch in sein richtiges Bett zu gehen. Mit seinem neuen Internet-fähigen Fernseher rief er über die TV-Thek des *ORF*, was nichts anderes bedeutete als *Österreichischer Rundfunk*, die Sendung *Oberösterreich heute* auf, die täglich um 19 Uhr vom Landesstudio Linz aus gesendet wurde. Jedes Bundesland in Österreich strahlte um diese Uhrzeit die regionalen Nachrichten aus. Und das war einer der Hauptgründe, warum er sich einen neuen Flachbildschirm besorgt hatte. Abends, wenn er Zeit hatte, wollte er die verschiedenen Informationssendungen des Tages nachholen. Auf dem Laptop mochte er nicht nachsehen, der winzige Bildschirm und der schlechte Ton entsprachen nicht seinem Qualitätsempfinden.

Natürlich war der Tote vom Attersee heute ein eigener abrufbarer Beitrag, den er sich zuerst ansah. Zu Beginn wurde das Buchcover eines regionalen Kriminalromans gezeigt: *Tod mit Seeblick*, dazu der Sprecher:

»Die Kriminalliteratur wird selbst am Attersee von der Realität eingeholt. Tod mit Seeblick, so könnte man es bezeichnen, was ein fast fünfjähriges Kind Samstagvormittag am Ufer des Sees in Seewalchen entdeckte.«

Nun wurde die Straße in Buchberg gezeigt, in der das besagte Haus neben anderen zu sehen war, ohne besondere Markierung oder zuordnende Detailaufnahme.

»Ein toter unbekannter Mann lag im seichten Wasser vor dem Seegrundstück der Eltern des Mädchens. Sie war die Erste, die bei der Leiche war, die ans Ufer getrieben war. Die Mutter holte ihre Tochter sofort in die häusliche Geborgenheit zurück. Bei dem Toten …«

Archivaufnahme von einer auslaufenden Uferstelle, die ebenso von einem anderen See stammen könnte.

»… handelt es sich um einen jungen Mann, dessen Identität und Todesursache bis jetzt noch nicht geklärt werden konnte. Mutter und Kind …«

Irgendeine Mutter mit einem Kind auf dem Arm, von hinten gefilmt.

»… sind wohlauf und werden psychologisch betreut. Von der Landes-Kriminalpolizei …«

Natürlich erneut Archivaufnahmen eines Polizeischildes und eines Einsatzwagens.

»… wurde erklärt, dass man bis morgen Früh Genaueres wisse und dann mit weiteren Informationen an die Öffentlichkeit treten werde. Fremdverschulden wird nicht ausgeschlossen.«

Gut, die Erkenntnis, dass Drogen die Todesursache sei, war noch nicht bekannt gegeben worden.

Werner holte sich ein Bier aus dem Keller. Kein *Zipfer*, *Gösser* oder *Stiegl*, nein, eines aus der *Zillertal Brauerei*, welches ihm eine Cousine väterlicherseits, die in Mayrhofen verheiratet war, mitbrachte, wenn sie zu Besuch in der Gegend war. Er liebte dieses Bier und orderte immer zwei Kisten davon. Er hielt strengen Haushalt damit. Sein Vater war zum Glück kein Biertrinker, er bevorzugte Wein, und somit konnte sich der Bestand der vollen Flaschen nicht unerklärlich dezimieren.

Im Keller, die leeren von den gefüllten Pullen ordnend, versäumte er einen weiteren ORF-Bericht, in dem Mütter, Pädagogen, Psychologen und eine Kinderpsychiaterin über die Auswirkungen von einem »Kind findet Toten«-Erlebnis sprachen und dem dadurch verursachten möglichen Trauma. Alle dramatisierten das Vorgefallene, außer einem Psychologen. Dieser meinte, dass in manchen Fällen Kinder, vor allem in diesem Alter, durch das Verhalten der Erwachsenen traumatisiert würden und nicht durch das Vorfinden der Leiche selbst. Wobei die äußeren Umstände natürlich mit einbezogen werden mussten. Ein kurzer Beitrag über die Theateraufführung des Stückes *Der Bockerer* der im gleichen Bezirk gelegenen Kellerbühne in Attnang-Puchheim folgte.

In der Küche öffnete in der Zwischenzeit Werner die grüne Bierflasche mit einem roten Werbeflaschenöffner einer politischen Partei. Am Küchentisch entdeckte er eine handgeschriebene Info seines Vaters auf einem neuen Werbenotizblock einer anderen Fraktion mit grünem *Fair-Trade*-Zeichen am unteren Ende.

»Bin bei Tante Vera. Du weißt, warum. Sollte Damenbesuch kommen, lass sie bitte rein, werde etwas später eintreffen! Schick mir eine SMS, wenn du zu Hause bist. Danke, Jakob«

Na toll, war er jetzt auch noch der Alleinunterhalter für Papas Frauengesellschaften?

»Bin da!«, war alles, was er in sein Handy tippte, dann schaltete er es aus, um nicht mehr gestört zu werden.

Auf dem Bildschirm war inzwischen der Moderator des Linzer Rundfunksenders eingefroren. Werner drückte auf der Fernbedienung die Stand-by-Taste. Er hatte keine Lust auf weitere Nachrichten oder einen Film. Er hatte heute zu gar nichts mehr Lust. Bevor er sich auf seine Lieblingscouch warf, über die eine Patchwork-Decke der verstorbenen Mutter geworfen war, zog er sich bis auf Unterhose und Socken aus und setzte den daneben platzierten CD-Player in Gang. Er hatte eine Menge CDs und war nicht gewillt, die zu entsorgen, was ihm sein Vater riet, da »man« zur Zeit streamte. Analoges Hören war von gestern! Er lauschte der Musik einer Pop-Gruppe, die er bereits mochte, bevor er Polizist geworden war. *The Police* mit Leadsänger Sting, dessen Stimme er großartig fand. Nun lag er mit seinem *Zillertaler Bier* da, neben sich ein türkisfarbener Wahlwerbeplastiktrinkbecher gefüllt mit *Soletti*-Salzstangen. Da Wahljahr war und viele Geschenke verteilt wurden, griff sein Vater überall, wo es möglich war, ungeniert zu. Mit beiden Händen. Manches brauchbar, wenn auch hässlich, und manches unbrauchbar, wenn auch dekorativ. Er schämte sich dafür und entsorgte so einiges, vor allem Dinge in für ihn nicht akzeptierbarer Farbe.

Sobald er hier alleine auf der Couch lag, tat er etwas, dem er sich in dieser Lage gerne hingab. Er sinnierte dahin und tat sich furchtbar selbst leid. Sein Selbstmitleid verursachte in ihm ein Gefühl der Einsamkeit und Wehmut, er dachte an die vergangene Zeit mit seiner Ex-Lebensgefährtin, an wunderbare Erlebnisse und erfüllende Bettszenen. Feuchte Augen, ein mitleidiges Seufzen und ein tiefer Schluck von dem Getränk. Er fühlte eine aufkommende Erektion, die er mit der rechten Hand abtastete und unterstützend mehrmals fest in den Griff nahm, ohne sich selbst zu befriedigen.

Aus dem Lautsprecher tönte der *Police*-Hit »So Lonely«.

In einer kurzen Pause zwischen zwei Songs hörte er das Läuten der Türklingel. Mist! Der Besuch!

Rasch schlüpfte er in einen Bademantel und stürmte nach unten. Die Ausbuchtung auf Höhe seines Schrittes vergessend, öffnete er die Haustür. Ein attraktives weibliches Wesen mit leuchtend hellblauen Augen, ein paar Jahre jünger als er, stand in der Tür. Ihren mit blauen Bändern geschmückten Zopf hatte sie wahrscheinlich bewusst über eine ihrer Brüste platziert. Kurz kam Werner in den Sinn, ob sie nicht eine Werbeausträgerin der blauen Partei sei.

»Hallo, ich bin Rosina. Bist du Jakob? Hatten wir zwei über Mail Kontakt? Du siehst jünger aus als auf dem Foto.«

Sie streckte ihm die Hand entgegen, die er automatisch mit der Rechten ergriff, die Handfläche noch warm vom längeren Halten seines besten Stückes.

»Nein, ich bin nicht Jakob, sondern sein Sohn und werde Werner genannt. Komm rein, mein Vater wird bald da sein. Er hat deinen Besuch bereits angekündigt.«

Ihr Lächeln und ihr Wesen gefielen ihm, ihre natürliche und fröhliche Ausstrahlung, ihre Augen, die ihn abtasteten und bei der Mitte seines offenstehenden Bademantels innehielten …

Um 22.30 Uhr nachts kam Jakob nach Hause. Er hatte sich die dramatischen Ereignisse mit Tränen begleitet aus der Sicht von Vera schildern lassen. Verständnisvoll hatte er dabei mit ihr, rein solidarisch, einen Joint geraucht. Seinen letzten hatte er sich vor Jahren, am Abend des Begräbnistages seiner Frau, bei und mit der Schwägerin genehmigt.

Er war verwundert, dass die Haustür nicht abgesperrt war. Sein Sohn war immer sehr bedacht darauf, den Einbrechern beziehungsweise den Gelegenheitsdieben die Sache so schwer wie möglich zu machen.

Soweit er sich erinnerte, hatte er ein »Blind Date« vereinbart. Doch Küche und seine privaten Räume waren leer. Er hatte gehofft, dass Rosa, oder wie sie hieß, auf ihn hier warten würde.

Ein paar Stufen in den ersten Stock hinauf steigend, hielt er auf halbem Weg inne. Neben dem Song »Roxanne« von *Police* war bei genauerem Hinhören ein Stöhnen und Keuchen zu hören.

Trotz des Abwerbens von Rosa, Rosi oder so ähnlich, war er Werner nicht böse. Im Gegenteil. Mit einem zufriedenen Lächeln stieg Jakob die Stufen hinab. Für sein eigenes Hochgefühl benötigte er heute weder eine Steigerung noch einen sexuellen Höhepunkt, den dafür sein Sohn in diesem Augenblick im oberen Stockwerk erreichte.

Endlich! Wurde auch Zeit! Wie viele hatte er ins Haus geholt? Nie war es ihm gelungen, seinem Sohn eine schmackhaft zu machen. Und da waren wirklich tolle Kaliber dabei, wie er sie insgeheim mit einem frauenfeindlichen Terminus bezeichnete.

17

Nacht von Samstag auf Sonntag

Natascha war nicht mehr fähig, klar denken zu können. Die meiste Zeit lag sie apathisch da, fiel in kurze Schlafphasen, schreckte hoch, den alles durchdringenden Schmerz an den Fesselungen spürend, durch unbewusste Bewegungen ausgelöst. Vor Stunden hatte sie sich ein letztes Mal aufgebäumt, nochmals geschrien, alle Männer der Welt verwünscht, Rudi einen elenden Feigling und miesen Schlappschwanz genannt, ihren ausbleibenden Entführer als perverse Sau und Unmenschen betitelt. Ihre Eltern um Hilfe angefleht. Sogar Gott fand zurück in ihren aktiven Wortschatz, doch auch dieser war im Moment anderweitig beschäftigt. Wegen der schon Wochen anhaltenden Abwesenheit ihrer Eltern bezeichnete sie ihren Vater als reichen Hurenbock, dem die Tochter sowieso egal sei. Ihre Mutter titulierte sie als deutsche, machtgeile Karrierefrau, die außerstande war, ihr neben Geld und Sachgeschenken andere Zuwendungen angedeihen zu lassen. Gütigerweise raubten ihr Erschöpfung und Schmerzen für Minuten oder gar für eine Stunde die Sinne.

Hunger und vor allem den Durst konnte sie nicht mehr stillen, da der Wasserkrug zerbrochen hinter ihr lag und sie das Trinkglas vorher nicht gefüllt hatte. Ihr Mund war inzwischen dermaßen ausgetrocknet, dass sie unfähig war zu sprechen, geschweige denn weiter zu schreien. Nur ein ersticktes Krächzen brachte sie zustande. Die rechte Körperhälfte fühlte sich taub an, was stärker wurde. Muskelzuckungen und Krämpfe peinigten sie, die unsäglichen Schmerzen des tiefen Einschneidens der Kabelbinder gar nicht zu erwähnen, die sich nach den vielen Stunden enger und enger zusammengezogen hatten.

Für das Zurückhalten der Entleerung ihrer Blase und ihres Darms schwanden ihre Konzentrationsfähigkeit und Kräfte. Irgendwann um Mitternacht herum gab Natascha sich ihrem Unvermögen und Schicksal hin, unfähig, sich zu wehren, was auch noch kommen sollte. Sie ließ sich von der schmerzlindernden Benommenheit umfangen, die nach für sie nicht erfassbarer Zeit in eine befreiende Bewusstlosigkeit überging. Wie von allem Irdischen erlöst, lag sie da. Gebettet in ihre eigenen Körperflüssigkeiten wie Blut, Schweiß, Tränen, Urin und Kot.

Auf der Pritsche in dem Badehäuschen mit dem nostalgischen Plattenspieler. In dem Häuschen am See, versteckt und umgeben von hohen Bäumen und Sträuchern. Den Bäumen zwischen dem Wasser und der prachtvollen alten Villa. Der alten Villa ihres Vaters auf dem Weg von Litzlberg nach Buchberg. Der Villa, in der sie als Kind mit ihrer Mutter gelebt hatte. In die der Vater oftmals an den Wochenenden aus Wien zurückkehrte. Die Villa in der sie gespielt hatte, in der sie älter und reifer geworden war. Die Villa mit dem Badehäuschen am See. Das Badehäuschen, damals noch ohne Toilette und Nasszelle, uriger und schöner. Die Villa, aus der sie mit ihrer Mutter scheidungsbedingt ausgezogen war. Aus- und umgezogen nach Nussdorf, in eine hässliche Mietwohnung mit kleineren Zimmern, ohne Garten, ohne Badehäuschen, ohne Seezugang. Ohne jegliches Flair. Schön war dort bloß der Blick auf den Attersee, der zumindest nicht verbaut werden konnte, da die Wohnanlage direkt über der Straße lag. Der Straße, die in den Süden nach Unterach oder nach Seewalchen im Norden führte.

Der Weg war weiter geworden zum Gymnasium nach Vöcklabruck, weiter zu ihren Freundinnen, die sie vor ungefähr einem Jahr allesamt aus den Augen verloren hatte, da die meisten am Studieren waren. Oder der Liebe verfallen. Dann die Entscheidung ihrer Mutter, nach Deutschland zurückzukehren. Nach Berchtesgaden in Bayern, ihrem Heimatort.

Natascha fasste den Entschluss, das Maturajahr alleine am Attersee durchzustehen, da ein Schulwechsel für sie nicht zu akzeptieren, ja schier unmöglich war. Lernend für die Matura und fürs Leben, wohnte sie alleine in der Wohnung. Das Angebot des Vaters, in die Villa zu ziehen, lehnte sie ab. Sie hatte gelernt, alleine zu bleiben, alleine zu essen, alleine zu trinken, alleine zu schlafen. Nur das mit dem Lieben war alleine schwierig. Das änderte auch nicht die neue eigene Wohnung in Kammerl.

Zu Beginn des heurigen Sommers hatte sie Rudi im Schörflinger *Schönauer Strandbad* kennengelernt. Ein netter, lustiger und unkomplizierter Kerl, der das verkörperte, was sie nie war. Frei und ungestüm, spontan und gelegentlich unvernünftig, unverbildet und auch unfertig. Auf fast alles neugierig und gespannt, was das Leben für ihn vorgesehen hatte, was aus ihm einmal werden würde. Diese Eigenschaften mochte sie, zogen sie an. Etwas, was so anders war als ihr Zuhause, ihre spießigen reichen Eltern, ihre kurze fremdbestimmte Vergangenheit.

Sie wollte es mit Rudi langsam, ganz langsam angehen. Ihn langsam kennenlernen, ihn langsam einschätzen lernen, langsam sexuelle Gedanken und Gefühle aufkommen lassen, die sie bei ihm immer wieder in Schach halten musste. Langsam. Vielleicht zu langsam?

18

Sonntagmorgen

Rudi hatte den ganzen Samstagnachmittag und Teile der Nacht auf den Straßen zwischen der Ortschaft Attersee und Weyregg verbracht. War die knapp 15 Kilometer ständig mit seinem Roller abgefahren. Hatte vor allen Seegrundstücken angehalten, Ausschau gehalten und jeden Mann, der irgendwie dem von Freitagabend ähnlichsah, genauer inspiziert. Einige davon sogar ohne brauchbare Ergebnisse verfolgt. Wieder und wieder hatte er erfolglos Nataschas Handynummer angerufen. War erneut in ihre Wohnung gefahren, abermals kein Lebenszeichen von ihr gefunden. Hatte sich auf ihr gemachtes und fein duftendes Bett gelegt. Auf die Decke gestarrt, sich ihr Gesicht, ihre Figur vorgestellt. In seiner Verzweiflung sich in ihr Kissen drückend selbst befriedigt, weinend ihr Fotoposter betrachtet, das gegenüber dem Bett an der Wand fixiert war. Natascha inmitten eines gelben Rapsfeldes, unscharf im Hintergrund das Blau des Attersees. Da war sie fünfzehneinhalb. Damals zählte sie jedes halbe Jahr bis zur Volljährigkeit, hatte sie Rudi erzählt, als sie ihn zum ersten Mal auf einen Kaffee in ihre Wohnung einlud, ohne ihn richtig ranzulassen.

Er war vor Unrast und Erschöpfung auf ihrem Bett eingeschlafen und am Morgen um ungefähr 7.30 Uhr verschwitzt aufgewacht. Ein schlechtes Gewissen drückte ihn, da er sich alleine in ihre Bettwäsche gekuschelt und geschlafen hatte, und das sogar gut. Hatte ihr Radio aufgedreht, aus dem Jackson Brown's Klassiker »Stay« zu hören war. Ihr Bad, WC, ihre Toilettenartikel sowie ihr Badetuch benützt und ein bisschen herumgeschnüffelt.

Nochmals legte er vor ihrem überdimensionalen Spiegel im Bad Hand an sich, versuchte, all seine Spuren zu verwischen, man konnte ja nie wissen, und machte sich auf den Weg.

Während der Rückfahrt nach Kammer überholte ihn ein Polizeiwagen, der ihm endlich den Anstoß gab, Natascha als vermisst zu melden. Die 24 Stunden, wie er sie aus Kriminalfilmen kannte, waren verstrichen, also ließ er sein Elternhaus rechts am Hang liegen und fuhr zur Polizei nach Schörfling. Sein Gefährt stellte er beim *Klimt-Café* in der Marina beim Schloss Kammer ab. Er wollte nicht, dass ihn jemand das Polizeigebäude betreten sah. Unsicher schlenderte er über die Straße und betrachtete verlegen die für ihn uninteressanten Schaufenster der Geschäfte und Büros unterhalb des Ärztezentrums. Angrenzend das unscheinbare weiße Haus mit der Dienststelle der Polizeiinspektion Schörfling. Hätte jemand vom Schlosspark herübergesehen, wäre ihm der unauffällig wirken wollende junge Mann sehr wohl aufgefallen.

Blöderweise musste er an der Tür läuten und warten, bis ihm nach kurzer Vorstellung über die Sprechanlage aufgemacht wurde. Während er die Stufen in den ersten Stock emporstieg, beschlich ihn ein mulmiges Gefühl im Bauch.

»Ich möchte meine Freund…«

»Moment. Zuerst, wer bist du?«

»'tschuldigung, ich heiße Rudolf Lechner. Bin eh von da. Ich möchte meine Freundin als vermisst melden. Oder nein, ich fürchte, sie wurde entführt. Und einen Mord, glaube ich zumindest. Den sollte ich vielleicht auch angeben.«

Vor Revierinspektor Zufall lief gerade frischer Kaffee aus einer Maschine, für die ein bekannter amerikanischer Schauspieler im Fernsehen Werbung machte. Das Gerät hatte Werner zum vergangenen Weihnachtsfest seinem Vater schenken wollen, da dieser den »Kapselkaffee« verweigerte, stellte sie Werner am Posten auf, zur Freude der Kollegen.

»Du hast einen Mord begangen?« Ungläubig starrte Zufall den Jungen an, denn mit seiner schmächtigen Gestalt wirkte er nicht erwachsen.

»Nein! Äh … ich … äh … ich habe niemanden ermordet. Wer anderer. Vielleicht.« Rudi war knallrot im Gesicht geworden, es war ihm sichtlich unangenehm. Ein Blick zur Tür verriet, dass er schnellstens wieder dort hinaus wollte, wo er hereingekommen war. Doch da lehnte eine Polizistin im Türrahmen mit einem Lächeln, das ihn noch unbeholfener werden ließ.

»Wer, wie, wann und wo?«

Sie nahmen ihn nicht wirklich ernst, das spürte er.

Meinten vielleicht, dass er sich wichtigmachen wolle, nicht ganz richtig im Kopf sei oder einfach nur verwirrt.

»Willst du auch einen Kaffee?«

Der Polizist, der ihn vor ein paar Tagen mit seinem Roller aufgehalten hatte, ihn wegen zu schnellem Fahren und dem Fehlen von Verbandsmaterial nur abgemahnt hatte, bot ihm jetzt einen Kaffee an. Das war cool, echt cool!

»Ja gerne, könnte ich brauchen. Ich habe noch nicht gefrühstückt.«

»Da sind wir schon zwei. Oder auch drei. Weißt du was? Ich gebe dir hier ein paar Euros, du holst uns vom Bäcker in Kammer neben der Trafik, wo früher der Fleischhauer war, was Süßes fürs Frühstück, und dann erzählst du mir die ganze Geschichte. Ist das ein Deal?«

Rudi war so verblüfft, dass er gar nicht verneinen konnte. Er wusste zwar nicht, wo früher ein Metzger war, aber die Bäckerei kannte er, und so machte er sich nochmals auf den Weg und fand es trotz aller Tragik witzig, in einer Polizeistube frühstücken zu dürfen.

Beim Hinauseilen vernahm er die Stimme der Polizistin, die sich an ihren Kollegen wandte:

»Werner, du bist echt ein Herzchen!«

Die vergangene Nacht war für Revierinspektor Zufall in vielerlei Hinsicht angenehm und befriedigend gewesen. Solch eine Belohnung hatte er sich nach diesem Tag redlich verdient. Rosina, wie sie wirklich hieß, hatte er vorsorglich, aber liebevoll in aller Frühe aus dem Haus befördert. Er wollte sie nicht dem Brunftverhalten des

Vaters aussetzen. Nun ordnete er dienstbeflissen die Berichte und Belege vom Vortag. Er hatte die Fotos des Toten am See in Farbe ausgedruckt, um sie später einigen Junkies zu zeigen. Er rechnete damit, dass ihn jemand von ihnen erkennen würde.

Die Nachtbereitschaft hatte Sonja erledigt, eine relativ neue und sehr toughe Polizistin, die ihnen zugeteilt wurde, obwohl sie in Hinterstoder wohnte.

Der Postenkommandant Preuner würde erst in ungefähr einer Stunde eintreffen. Die E-Mails am Computer durchsehend, konnte er feststellen, dass im Vergleich zum gestrigen Tag die Nacht verhältnismäßig ereignislos abgelaufen war. Er begann seinen Dienst gerne etwas früher, einfach, um den Tag ruhiger anzugehen, um sich vorzubereiten und die Dinge nachzuarbeiten, die noch nicht erledigt waren. Selbst mit den Nachtdiensten hatte er keine Probleme, so kam er wenigstens den nächtlichen Eskapaden und Verkuppelungsversuchen seines Vaters aus.

Die Klingel am Eingang wurde betätigt. Sonja gewährte Rudi Einlass.

Revierinspektor Zufall schob die Papiere auf dem Schreibtisch zur Seite und ließ den jungen Mann, der jetzt ein wenig sicherer auftrat, hinter die Absperrung treten. Dorthin, wo sich normalerweise keine dienstfremden Personen aufhalten durften.

Aus einem typisch weißen Bäckerpapiersack zog er einige Backwaren heraus. Jeweils zwei mit Staubzucker bestreute Topfengolatschen und Schokolade-Croissants, sowie ein Nusskipferl.

Werner wollte auch seine Kollegin zum Frühstücken einladen, doch diese winkte lachend auf ihren Bauch deutend ab.

Während die unterschiedlichen Männer frühstückten, läutete das Telefon. Der Polizist sah auf das Display und schüttelte den Kopf.

»Jetzt nicht! Das ist die Nummer von einem lästigen Finanzbeamten in Pension aus Seewalchen. Der hat nichts Anderes im Sinn, als seine Mitmenschen auszuspionieren und bei noch so unbedeutenden Gesetzesübertretungen anzuzeigen. Der ruft wieder an. Heb nicht ab, Sonja!«

Und zu Rudi gebeugt, flüsterte er verschwörerisch:

»Du hast das nicht gehört! Ist das klar? So, und jetzt frühstücken wir fertig, und dann kannst du loslegen!«

Während Werner von seiner Topfengolatsche den Staubzucker über dem Papiersäckchen abklopfte, hatte Rudi bereits das Nusskipferl verzehrt und griff nach der zweiten Golatsche, die noch kräftig bestäubt war. Den Mund öffnend, erblickte er zufällig ein auf einem Stapel liegendes Foto, auf dem ihm jemand bekannt vorkam. Er stieß ein kräftiges »Bhau« aus, das mit viel Luft begleitet war.

Wie wehender Wüstensand trieb der Staubzucker von dem Backwerk auf Werners Gesicht zu. Ohne dass einer der beiden fähig war zu reagieren, zog der feine Zucker seine Spur. Von Rudis Hand über den Schreibtisch hinüber bis in das verblüffte Antlitz von Revierinspektor Zufall.

»Was soll das?«, rief Werner mit vollem Mund

und verteilte unabsichtlich den weißen Stoff über die Arbeitsfläche weiter, anstatt ihn zusammenzuschieben.

»Das ist er! Der Entführer! Der Mörder!«

Rudi sprang auf, die Topfengolatsche fiel verkehrt auf die Tischplatte und verursachte dabei eine erneut aufwirbelnde Staubzuckersäule, die sich schneefallartig auf den hier abgelegten Papieren niederließ. Der aufgebrachte Rudolf zeigte auf das obenauf liegende Foto mit dem Konterfei des verletzten Mannes vom Samstag, welches er eigentlich nicht sehen durfte.

Werner Zufall würgte den Teil der Topfengolatsche, der sich noch in seinem Mund befanden, hinunter.

»Was? Der da? Wie kommst du denn darauf?«

»Er hat sicher die Frau im Bootshaus umgebracht und Natascha entführt. Vielleicht hat er sie inzwischen auch ermordet?«

»Meinst du die Bumspuppe?«

»Wie reden Sie über meine Freundin. Ich habe noch nicht mal mit ihr geschlafen, und Sie bezeichnen sie als Hure! Wie können Sie …«

»Ich meinte nicht deine Freundin. Wart ihr im Bootshaus? Hast du gedacht, in der Badewanne liege eine Leiche?«

»Ich und Nasti haben sie gesehen. Gestunken hat sie auch schon! Wir mussten kotzen!«

»Gütiger Gott! Ihr wart das? Ich sag dir jetzt etwas. Die vermeintliche Tote war eine aufblasbare Erotikpuppe, auf die du gekotzt hast!«

»Natascha auch!«

»Was?«

»Natascha hat sich zuerst über sie erbrochen!«

»Und die männliche Leiche, habt ihr damit auch was zu tun?«

»Ich habe niemanden getötet! Den Mann da habe ich nicht umgebracht!«

Auf das Foto zeigend, machte er eine ungestüme Bewegung, welche nun die Kaffeetasse in die Waagrechte brachte, was eine Entleerung des Behälters und gleichzeitige Befeuchtung der mit Staubzucker belegten Tischplatte bedeutete.

Werner schrie auf, riss die wichtigsten Papier an sich, um sie zu retten.

»Geh, Bub! Was machst du denn da. Jetzt beruhige dich mal. Ich habe nicht diesen Mann gemeint.« Er versuchte, das Foto des Drogentoten aus dem Stapel zu ziehen und anschließend den Matsch auf seinem Tisch zu beseitigen.

Sonja war vom Nebenzimmer herbeigeeilt, um zu helfen.

In diesem Moment kam Robert mit einem »Wunderschönen guten Morgen« als Begrüßung bei der Tür herein.

Er blieb abrupt im Türrahmen stehen. Ein seltsames Bild präsentierte sich ihm. Ein scheinbar aufgebrachter junger Mann stand verbotenerweise bei dem Schreibtisch seines Kollegen, der mit Sonja mit der Reinigung der Arbeitsplatte beschäftigt war.

»Gehen Sie bitte hierher. Dort hat außer uns niemand etwas zu suchen! Hier, setzen Sie sich bitte auf den Stuhl! Und warten Sie kurz!«

Wie ein soeben bestrafter Hund bewegte sich der junge Mann zu seinem neuen ihm zugewiesenen Platz. Robert zog Werner in einen Nebenraum, um ihm die Leviten zu lesen und in weiterer Folge über die Sachlage informiert zu werden.

Nachdem die Irritationen aus dem Weg geräumt waren, Rudi versichert hatte, den Drogentoten nicht zu kennen und noch nie gesehen zu haben, fuhr Werner Zufall mit dem Dienstwagen in die Ortschaft Attersee. Den Schlüssel des Verunfallten und nun dazu einer Entführung Verdächtigen hatten sie noch am Posten. Die Kollegen in Sankt Georgen waren informiert, die ihm den Namen und die Adresse durchgegeben hatten. Das Landeskriminalamt hatte Preuner als Postenkommandanten verständigt. Da Gefahr im Verzug war, fuhr Werner mit Sonja sofort zum Haus von Martin Selchgruber. Um es zu inspizieren und zu prüfen, ob tatsächlich eine Entführung vorlag.

Robert versuchte mit Rudis Unterstützung, bei den Eltern der vermeintlich Entführten nachzufragen, ob sie über den Verbleib ihrer Tochter etwas wüssten. Der Anrufbeantworter ihres Vaters vermeldete nur, dass er für ein paar Tage nicht erreichbar sei. Die Mutter hingegen meldete sich sofort, meinte, sie habe seit einer Woche nichts mehr von Natascha gehört, was nicht außergewöhnlich war. Sie wirkte ehrlich bestürzt am Telefon und versprach, in einer halben Stunde ins Auto zu steigen und von Berchtesgaden hierher zu fahren, um bei der Suche behilflich zu sein. Weiters fragte sie, ob sie in die Wohnung ihrer Tochter könne, da sie dort übernachten wolle und zur Stelle sein, wenn …

Das Schlimmste wollte niemand aussprechen, obwohl sich diese Befürchtungen in alle Gedanken jener Menschen geschlichen hatten, die mit der Suche nach Natascha befasst waren.

Rudi, noch immer vom schlechten Gewissen geplagt, überlegte, ob er nochmals in Nataschas Wohnung fahren und das Bett frisch überziehen sollte, da sich in der Decke ein von ihm verursachter Spermafleck befand. Obwohl er aufgepasst hatte. Befürchtete, dass die Polizei den Fleck untersuchen lassen würde. Sollte er die Beamten hier darüber aufklären? Er entschied sich aber vorerst dagegen, wollte nicht weiter auffallen. Dafür war es an der Zeit, endlich seine Eltern in die Geschichte einzuweihen. Hier konnte er zurzeit nicht viel helfen. Den Schlüssel von Nataschas Wohnung ließ er am Posten zurück.

19

Sonntagvormittag

Revierinspektor Zufall öffnete das klapprige alte Zauntürchen, das genau wie die Fassade, Fenster und Türen des unscheinbaren Hauses mit undefinierbarer Farbe, dringend renovierungsbedürftig war. Das bisschen Grün zwischen Gartenzaun und Gebäude wucherte kniehoch und wäre mit zwei grasenden Kühen oder Schafen bald auf natürliche Art gemäht. Ein alter Schlüssel mit Bart am Schlüsselbund, neben einem ähnlichen kleineren, passte in das rostige Schloss und gestattete das Aufsperren. Die Tür schwang ächzend auf, dahinter führte ein schmaler Gang rechts in mehrere Zimmer und hinten über eine hölzerne Stiege in den oberen Stock.

Verstärkung von Sankt Georgen im Attergau war angesagt. Sonja rümpfte die Nase. Es roch muffig in dem Haus, es war dunkel. Licht drang lediglich durch den Eingang und einer am Ende des Flures mit geripptem Glas eingefassten Tür. Er klopfte fest aufs Holz.

»Ist jemand hier? Natascha! Bist du hier?«

Stille.

Sonjas rechte Hand wanderte zu ihrem Waffenholster. Sie wagte sich als Erste weiter vor und rief:

»Natascha! Mach dich bitte bemerkbar! Schrei und klopfe irgendwo dagegen, wenn du kannst!«

Sie verharrte, um erhoffte Geräusche zu vernehmen. Nichts regte sich. Werner ging ebenso langsam und vorsichtig ein paar Schritte in den Flur. Da! Was war das? Etwas über ihm knarrte. Im oberen Geschoss! Vorsichtig drehte er sich Richtung Stiegenaufgang.

»Na so ein Zufall, der Zufall!«, tönte es vom Eingang.

Werner erschrak so sehr, dass er den Schlüsselbund, den er in der Hand hielt, zu Boden fallen ließ.

Sein Kollege aus Sankt Georgen, der wie Zufall den Rang eines Revierinspektors hatte, war eingetroffen. Kasper Hufnagel. Sein Vorname: nomen est omen.

»Halt das Maul und komm schnell rein. Wir müssen nachsehen, ob das abgängige Mädchen hier ist. Wir haben im oberen Stock etwas vernommen.«

Ein Zeichen mit dem Kopf bedeutete für Hufnagel, dass er hier warten, und für Sonja, dass sie ihm über die Stiege nach oben folgen sollte. Dem ebenerdig liegenden Gang ähnlich, führte dieser zu drei Zimmern. Ein schmales Fenster zur Straße hin stand offen, und die Fensterflügel bewegten sich im Luftzug. Wahrscheinlich hatten sie dieses Geräusch gehört. Die erste Tür war nur angelehnt, dahinter ein Schlafzimmer, unaufgeräumt, stickig und muffig. Das ungemachte Bett war alles andere als sauber, Kleidung war überall verstreut, und es machte nicht wirklich Lust, in diesem Chaos herumzuwühlen.

»Wer hier schläft, dürfte es mit der Hygiene nicht so

genau nehmen«, sagte Sonja, schüttelte sich und ging zur nächsten Tür.

Werner, der ebenfalls hineinblickte, entfuhr:

»Bist du deppert! Ein Saustall ist hygienischer. So ein Schweindl!«

Was wiederum seine Kollegin zum Lächeln brachte.

»Wenn das sogar ein Mann sagt, dann ist das hier wirklich drastisch.«

Die Bemerkung ignorierend öffnete Zufall die nächste Tür, hinter der sich eine Art Bibliothek befand, nur dass hier augenscheinlich seit Jahren kein Buch mehr herausgenommen worden war. Dicker Staub lag überall. Auch auf verschiedensten Kartons, die wahrscheinlich mit Büchern und anderem Unrat gefüllt waren.

Plötzlich war von unten Kaspars Stimme zu hören. Er hatte das Bad entdeckt, das er sich zu betreten weigerte:

»Geh, scheiß mich an! Ich will sofort Erschwerniszulage! Ich würde mich hier nicht einmal nackt stehend reinstellen. Das Mädchen ist auf jeden Fall nicht hier unten!«

Mit diesen Worten schloss der Kollege die Badezimmertür. Werner und Sonja kamen die Treppe herunter.

Die Küche wirkte nicht gerade einladend, schien keine Spur aufzuweisen, die auf eine Benutzung in den letzten Tagen schließen ließ. Von hier führte eine Tür in eine Art Wohnzimmer mit einer alten abgenützten Couchgarnitur mit Tisch und Fernseher. Dazwischen Unmengen von leeren Flaschen verschiedener alkoholischer Getränke. Auf dem Wohnzimmertisch lag eine offene Packung Medikamente, in der sich noch eine Tablette in der Blisterverpackung zum Herausdrücken befand. Werner reichte sie zur Verwahrung an Hufnagel weiter.

»Ich muss für kleine Jungs«, sagte dieser und öffnete unter dem Stiegenaufgang eine schmale Tür, auf der ein altes Emailschild aus vergangenen Tagen auf die dahinterliegende Toilette hinwies. Die Sinneseindrücke seiner Nase veranlassten ihn sofort, die Tür zu schließen, bevor das mit den Augen Erfasste vom Sehnerv an das Gehirn weitergeleitet werden konnte.

»Na gut, dann nicht! Ich such mir hinter dem Haus ein Plätzchen. Das Grün verlangt sowieso eine Düngung!« Und schon war er draußen.

Werner drückte die Türklinke des letzten Zimmers beim Ausgang nieder. Sie war versperrt. Der zweite Schlüssel am Bund des Hausbesitzers passte.

»Natascha? Bist du hier?«

Wiederum Stille. Kein einziges Geräusch war durch die Tür zu vernehmen. Nur von außen das erleichterte Schnauben des sich Entleerenden. Sonja rollte mit den Augen:

»Was müsst ihr Männer ständig so ein Theater dabei machen?«

Werner zuckte mit den Schultern, er fühlte sich nicht angesprochen. Sie warteten auf Kasper, der mit dämlichem Grinsen zurückkam.

»Hinter dem Haus ist der Zugang zu einer kleinen Werkstatt mit Geräteschuppen, statt eines Kellers. Dort ist es sauberer und aufgeräumter als hier herinnen. Von dem Mädchen keine Spur.«

Der letzte Raum vermittelte ein völlig anderes Bild. Er war ordentlicher und nicht so verdreckt. Ein langer, billig wirkender Schreibtisch, wahrscheinlich aus dem schwedischen Möbelhaus stammend, war rechts an der Wand aufgestellt. Darauf schön säuberlich, auf den ersten Blick nach nicht erkennbaren Regeln sortiert, bunte Mappen, Kuverts und Papiere in Klarsichthüllen. Direkt darüber drei versperrbare Schlüsselboards, die allesamt offen standen, bestückt mit vielen Schlüsseln. Verschieden farbige Anhänger zum Selbstbeschriften hingen an ihnen. Auf den Schildern war mit einem dicken schwarzen Stift eine Nummer aufgetragen worden.

Werner dämmerte, was er hier vor sich hatte. Er wusste nur noch nicht, ob der Fund hier verbotenerweise in diesem Haus gelagert wurde oder zu einem Auftrag gehörte.

Eine halbe Stunde später war den Polizisten klar, worauf sie gestoßen waren und dass dies eine Menge weiterer Arbeit für sie bedeutete. Die Papiere, Vollmachten beziehungsweise Aufträge und Zugangsberechtigungen zu 22 Wohnungen, Häusern und Gebäuden am See, sprich Bade- und Bootshütten, waren vorbildlich nummeriert und geordnet. Die jeweils dazugehörigen Schlüssel hingen darüber im Bord. Auch einige mehr, womöglich nachgemachte als Reserve oder von früheren Aufträgen. Was Martin Selchgruber auch immer damit anstellte. Das wäre noch zu prüfen. Sah nach einer aufwändigen Arbeit aus. Wer wohl dafür zuständig sein würde?

»Womöglich hat der Entführer das bewusstlose Mädchen zu einer der vielen Wohneinheiten gebracht. Sind ja zurzeit fast alle unbewohnt und winterdicht gemacht. Sicherlich zu einem Gebäude am See, da er, laut Rudi, mit einem Boot unterwegs war«, mutmaßte Werner. Er informierte, genau wie Kasper, den Vorgesetzten in seiner Dienststelle.

Er bat Preuner um einen Gefallen:

»Kannst du mir bitte die Namen, die wir im Zusammenhang mit diesem Fall kennen, durchgeben? Vielleicht gibt es zu einem der Hausbesitzer in Selchgrubers Büro eine Verbindung! Und frag bitte nach, ob im Krankenhaus bei den persönlichen Sachen des Verletzten ein weiterer Schlüssel oder andere für uns hilfreiche Dinge waren.«

Robert versicherte ihm, sich in den nächsten paar Minuten zu melden, er war sich noch nicht im Klaren darüber, ob er das dem Landeskriminalamt in Linz überlassen sollte.

Er notierte mit einem blauen Wahlwerbekugelschreiber auf einem leeren Block alle Namen, die ihnen seit Samstag untergekommen waren, und die auch nur im weitesten Sinn eine Verbindung darstellen konnten:

Natascha Weiß, die junge Frau, die abgängig war und Rudolf Lechner, ihr Freund.

Christa Litzlbauer, die Mutter des Kindes, das die Leiche des Drogentoten gefunden hatte.

Josef Schießtl, der Immobilienmakler aus Kufstein, dem das Bootshaus gehörte, in das das junge Paar eingebrochen und dessen Name inzwischen eruiert worden war.

Vera Hubinger, die Tante von Werner, die dem angeblichen Entführer ins Auge geschossen hatte.

Und schließlich Martin Selchgruber, der im Koma liegende Verdächtige.

Der Anruf im Krankenhaus mit einhergehender Wartezeit von vielen Minuten wurde mit wichtiger Auskunft belohnt. In den Taschen der Kleidung des Verletzten befand sich ein Schlüsselbund mit Schlüsseln verschiedenster Arten und Größen. Weiters eine Uhr mit einem Bild der Kaiserin Sisi, ein Handy und eine Geldtasche, die auf keinen bestimmten Besitzer hinwies.

Robert bat Kollegen aus der Bezirkshauptstadt Vöcklabruck, diese Sachen im Krankenhaus abzuholen und zur Dienststelle in Schörfling zu bringen, da er hier nicht wegkönne und die Dinge für einen aktuellen Fall dringendst vonnöten wären.

Anschließend gab er seinem Freund in Attersee die notierten Namen durch. Werner verglich die durchgegebenen Familiennamen mit den Akten vor sich auf dem Schreibtisch. Eine davon deckte sich damit, und der andere Name war auch bekannt: Schießtl und Weiß. Die eine Adresse kannte er bereits, die zweite wäre sicherlich zu finden. Er sprang auf und stürmte an seinen beiden Kollegen vorbei.

»Los, ihr beiden. Ich denke, wir wissen jetzt, wo Natascha ist.«

20

Sonntagmorgen

Christoph Weiß war mit dem Auto die wenigen Kilometer von Litzlberg nach Sankt Georgen unterwegs. Er kannte dort eine Bäckerei, die am Sonntagmorgen bis 10.30 Uhr offen hatte. Er wollte seine neue Eroberung mit frischem Gebäck und einer Flasche Sekt zum Frühstück überraschen, auch wenn es schon mehr als 10 Uhr vormittags war. Sie waren am Vortag von Wien nach Salzburg gefahren. Zu einem klassischen Konzert, einem Liederabend mit dem Bariton Thomas Hampson. Christoph hatte Orchesterwerke um einiges lieber, aber Alexandra, seine neue Liebe, wollte diesem Abend beiwohnen, da sie den Sänger persönlich kannte. Sie durften nicht einmal nebeneinandersitzen, da sie als verheiratete Politikerin, die nach der kommenden Wahl im Herbst eine Chance auf einen Ministerposten hatte, sich keiner gesellschaftlichen Kritik oder gar einem kleinen Skandal aussetzen durfte. Bis vor Kurzem wurde sie von ihren Freunden Alexa genannt, doch jetzt, vor ihrer politischen Karriere, versuchte sie, das zu ändern, was sehr mühsam und schwierig war. Seit der Online-Sprachdienst eines der größten Internet-Anbieter ebenfalls mit dem Namen »Alexa« in vielen

Haushalten Europas dafür sorgte, dass der Name überall herumgerufen wurde, verbat sie es ihren Freunden und Bekannten.

Die beiden konnten sich erst wieder in trauter Zweisamkeit im Auto und schließlich in seiner Villa am Attersee körperlich näherkommen. Was sie auch getan und bis in die lange Nacht hinein mit den letzten zwei Flaschen Sekt begossen hatten.

Christoph hoffte, dass Alexandra nach den Wahlen ihren Mann verlassen und zu ihm ziehen würde. Die 15 Jahre Altersunterschied waren für beide kein Problem. Sein gesellschaftlicher Rang als erfolgreicher Verleger und sein beträchtliches Vermögen, das ihn zu einem begehrten Mann machte, taten das Ihrige dazu, von seiner sportlichen Statur abgesehen.

Heute war er, ohne sich eine halbe Stunde vor dem Spiegel zurechtzumachen, weggefahren, der Bäcker würde nicht auf ihn warten, nur weil er zuerst die Morgentoilette erledigen und seiner Eitelkeit entsprechen wollte.

Dass bloß ein paar Meter weiter, im Badehäuschen am See, Natascha bewusstlos und verletzt auf einer Pritsche lag und mit dem Tod rang, konnte er nicht ahnen.

Alexandra meinte, sie wolle vor dem Frühstück in den See baden gehen, selbst wenn das Wasser keine Badetemperatur mehr hatte. In Niederösterreich, wo sie lebte, war sie seit Kindheitstagen gewöhnt, jeden Tag in der Donau baden zu gehen, bis in den späten Herbst hinein. In den Wintermonaten wählte sie dann doch ihren beheizten Swimmingpool.

Während Christoph Weiß die letzten Semmeln beim Bäcker ergatterte, begab sich Alexandra, lediglich mit einem Bademantel bekleidet, mit einem trockenen Badetuch und einer zusammengerollten Matte zum See hinunter. Rechts zwischen den Bäumen sah sie das versteckt liegende, idyllisch aussehende Badehäuschen mit dem kleinen Türmchen. Christoph hatte ihr erklärt, dass es außerhalb des Sommers vom Hausmeister belegt war. Sie war zum zweiten Male hier, Hausmeister hatte sie bisher noch keinen gesehen. Ihr Liebhaber hatte ihr klar gemacht, dass das Häuschen für sie tabu sei. So sei der Deal, und da er für den Mann nicht viel zahlen musste und dieser seinen Job gut mache, sei das eine feine Sache.

Das Wasser war im Uferbereich seicht, deshalb führte ein meterlanger Steg weit hinaus, von dem man über eine Holztreppe in den See gelangen konnte. Hier legte sie Bademantel, Badetuch und Matte auf eine hölzerne, dafür vorgesehene Vorrichtung und stieg nackt in das kühle Wasser. Kein Segler und kein Ruderer, niemand, nicht einmal jemand von den angrenzenden Nachbarn war um diese Zeit am See und konnte sie beobachten. Sie genoss das Prickeln an den Beinen, das Hartwerden ihrer dunklen Brustwarzen, das Frösteln der Haut zwischen dem Bauchnabel und ihrer Scham, das beim ins Wasser Steigen hervorgerufen wurde. Ein paar Tempi, mehr im Stehen als schwimmend, kurz untergetaucht und schon entstieg sie wieder dem erfrischenden Nass. Anmutig wie eine Nixe, die wie aus einem Märchen für einige Stunden Füße bekommen hatte, um ihre Liebe zur Erfüllung zu bringen. Doch Nixenglück währt leider nicht lange.

Christoph lenkte den Wagen in die Einfahrt zur Villa, im Autoradio eine Kritik des Liederabends vom Vortag hörend, welche vor allem den Vortrag der *Kindertotenlieder* von Gustav Mahler besonders hervorhob. Alexandra war davon ebenfalls angetan. Ihm selber kam es furchtbar makaber vor, in einem Konzert vertonte Gedichte über tote Kinder vorzutragen. Das große, breite Tor öffnete sich nach der Betätigung der Fernbedienung, die er meist im Fach auf der Innenseite der Autotür verstaut hatte. Da der Schiebetor-Antrieb veraltet war, musste er zum Schließen nochmals den Knopf am Gerät drücken, was er diesmal vergaß. Er war es von seiner Villa in der Gegend der Höhenstraße zwischen Wien und Niederösterreich anders gewohnt. Er hatte vor, im kommenden Frühjahr eine komplett neue Toranlage einbauen zu lassen. Eine, die alle Stückchen spielte und die er mit dem Handy von überall her steuern konnte.

Zwei braune Papiersäckchen in Händen, in denen das frische Gebäck duftete, betrat er die Villa über die Terrasse und machte sich daran, im Salon den Tisch zu decken. Ein traumhafter Blick zum Wasser hinunter, zum Steg, auf die andere Seite des Sees, zum Höllengebirge, wieder zurück auf das eigene Grundstück. Rechts zwischen den Bäumen machte er das Türmchen vom Badehaus aus, und auf der Wiese vor der Villa sah er seiner aktuellen Lieblingsfrau zu, die nackt auf einer ausgerollten Matte Yogaübungen ausführte. Ein ungewöhnlicher und faszinierender Anblick, der eine erotisierende Wirkung auf ihn hatte. Er lehnte an der Terrassentür und sah ihr mit einem zufriedenen, leicht wehmütigen Lächeln zu. Dann zog er sich ebenfalls nackt aus, ließ die Kleidung am Boden liegen und ging zu ihr hinunter, um sich in die *Asanas*, die Kunst der Yoga-Übungen, einführen zu lassen. Simple Figuren, gemeinsam Körper an Körper, Haut an Haut, die Bewegungen führten bei beiden zu sexueller Stimulation und zu einem harmonischen Liebesspiel, das in einer innigen und leidenschaftlichen Vereinigung den Höhepunkt fand. Sie lagen atemlos, mit einem befriedigten Lächeln, auf der Yogamatte am See, der Wiese am See, vor der Villa am See, nahe dem Badehaus am See. Sie wuschen sich anschließend im kühlen Wasser, berührten sich erneut, auch unter der Wasseroberfläche, küssten sich noch einmal umschlungen im See. Mit den Worten: »Ich mach jetzt Frühstück für uns«, ließ er sie zurück am See.

Beim Betreten des Salons machte ihn ein leises Geräusch auf die Kaffeemaschine aufmerksam, die soeben das Ende ihres Stand-by-Modus bekanntgab. Er hob seine Boxershorts auf und zog sie an, den Rest der Kleidung ließ er liegen. Er freute sich auf das Frühstück mit Alexandra. Nur sie beide, in all der landschaftlichen Pracht. In diesem Moment nahm er sich vor, wieder öfter an den Attersee zu fahren. Es konnte kaum wo romantischer sein. Er betätigte die Kaffeemaschine, holte aus der Küche die vom Bäcker mitgebrachte Sektflasche. Öffnete sie gekonnt und goss in die bereitgestellten Gläser ein. Zum Schluss ließ er mit seinem Handy über die neue *Bluetooth*-Anlage beruhigende Musik von Mozart abspielen. Die sollte das herrliche Frühstück untermalen.

Während der Vorbereitungen bemerkte er nicht, dass seine Liebste nach einigen Minuten weder am Steg noch auf der Wiese und auch nicht am Villenzugang zu sehen war.

Alexandra hatte sehr wohl mitbekommen, dass ihr Christoph während den Übungen zusah, wollte ihn damit zu dem, was er tatsächlich tat, animieren. Genoss, was geschah, und machte ein paar abschließende Tempi, trotz aufkommendem Kältegefühl. Zurück am Steg in den flauschigen Bademantel gehüllt und Richtung Badehaus gehend, zog sie aus der Tasche ein Feuerzeug und eine Packung Zigaretten. Sie rauchte nur zwei bis drei am Tag, nicht mehr, alleine und unbeobachtet. Vor dem besagten Häuschen stand eine schöne gusseiserne Parkbank. Rauchend ließ sie sich darauf nieder, blickte auf den See und gab sich ihrem so selten gewordenen Glücksgefühl hin. Sie war versucht, alles um sich herum zu vergessen, wussste aber, dass dies als Politikerin für ihre Karriere gefährlich werden könnte. Immer wieder wanderten ihre Gedanken zu ihrem Job zurück.

Da schreckte sie ein Stöhnen auf, das nicht hierher passte und auch nicht sein durfte, da sie beide alleine auf dem Grundstück waren. Sie erhob sich und stellte fest, dass dieser seltsame Laut, der sich gerade wiederholte, aus dem Badehäuschen kam. Mit dem noch feuchten Badetuch wischte sie über die verschmutzte Glasscheibe des kleinen Fensters hinter der Bank, auf der sie gesessen war. Undeutlich, aber doch, sah sie etwas, das sie nicht verstehen konnte und auch nicht wollte. Nochmals rubbelte sie am Glas herum. Der durch das Putzen freigesetzte Lichtstrahl beleuchtete den Innenraum. Jetzt wurde es zur tragischen Gewissheit, was Alexandra durch die Scheibe sah.

21

Sonntagvormittag

Es war an einem Sonntag nicht einfach, am Attersee eine Villa zu finden, die zu einem geschiedenen Elternteil einer angeblich entführten jungen Frau namens Weiß gehörte. Rudi, der nochmals in die Polizeiinspektion gerufen worden war, wusste nur vage, dass die Liegenschaft irgendwo zwischen Attersee und Seewalchen lag. Er war nie dort gewesen, da Natascha ihren Vater seit längerer Zeit nicht mehr besucht hatte. Wie dieser mit Vornamen hieß und wie man ihn erreichen könnte, war ihm ebenfalls nicht bekannt.

Die Mutter zu kontaktieren, die sich im Wagen auf dem Weg zum Attersee befand, erwies sich als unmöglich, da sich nur ein Tonband meldete, dass sie nicht erreichbar sei und man später nochmals anrufen sollte. Die Sachen des Verletzten aus dem Krankenhaus, die inzwischen eingetroffen waren, bestärkten den Verdacht einer Entführung oder zumindest einer Freiheitsberaubung. Rudi vorgelegt, bestätigte er Natascha als Eigentümerin der Sisi-Uhr und der Geldtasche. Er bat darum, ihr die Uhr selber zurückgeben zu dürfen, da er wisse, dass sie sich freuen würde. Preuner hatte nichts dagegen und überließ sie ihm. Er fand sie hässlich, für ihn war es nur Tand.

Revierinspektor Werner Zufall hatte sich den Schlüsselbund geholt und war erneut an der Westseite des Attersees unterwegs. Vielleicht konnte er in den Gasthäusern erfragen, wo sich das Grundstück befand.

Die Mutter von Natascha, Ingrid Schmitt, hatte nach der Scheidung wieder ihren Mädchennamen angenommen, parkte ihren blauen Volvo V40 vor der Apotheke in Kammer-Schörfling. Sie war verärgert, da sie vergessen hatte, den Akku ihres Handys aufzuladen, und das Ladekabel in ihrem Firmenwagen in Berchtesgaden liegen gelassen hatte. Sie, als Besitzerin eines Hotels, hatte seit der Trennung von ihrem Ehemann die Leitung des Hauses wieder selber übernommen. Bevor sie jemanden fragen konnte, wo hier das Polizeigebäude sei, erblickte sie das Schild an der Hausfassade schräg gegenüber. Kaum hatte sie nach dem Läuten ihren Namen in die Sprechanlage gesprochen, wurde sie sofort hereingebeten. Sie hatte nicht einmal die Wachstube betreten, da wurde sie bereits von einem Polizisten um die Adresse der Villa ihres Ex-Mannes gebeten sowie um eine Kurzbeschreibung.

Robert Preuner bot ihr in weiterer Folge in einem Nebenraum einen Stuhl an und entschuldigte sich für einen kurzen Moment, da er seinen Kollegen den Standort des Grundstücks mitteilen musste. Er gab Werner Zufall die Adresse durch.

»Verständige bitte auch die Kollegen in Sankt Georgen.«

Nun widmete er sich der Besucherin, die unruhig und nervös war. Bei einem Kaffee informierte er sie kurz über die Sachlage und versuchte, sie zu beruhigen.

»Frau …?«

»Schmitt. Ingrid Schmitt. Zweimal Theodor.«

»Preuner. Robert Preuner. Einmal Paula. Kontrollinspektor. Darf ich Ihnen ein Foto von einem schwer verletzten Mann zeigen? Nicht erschrecken wegen des Blutes, er hatte einen Unfall. Es könnte der Mann sein, bei dem Ihre Tochter war.«

Bewusst vermied er das Wort Entführung.

»Kennen Sie diesen Mann?«

Er legte einen Farbausdruck von Martin Selchgruber auf den Tisch.

Frau Schmitt nahm das Foto in die Hand. Sie wurde bleich und riss ihre Augen weit auf.

»Nein … das kann nicht sein … aber … vielleicht, ist er es … ja doch nicht! Oder?«

Aufschauend suchte sie im Gesicht von Robert eine Erklärung, die er ihr nicht geben konnte.

»Wissen Sie, wer das ist?«, fragte er nochmals.

»Haben Sie noch ein anderes Foto, ich denke … vielleicht … ich kenne ihn von … früher. Bin mir nicht sicher.«

Preuner nahm die Kopie des am Unfallort sichergestellten Führerscheins von Selchgruber aus einer Mappe und reichte ihr ihn über den Tisch.

»Gott im Himmel. Das ist … ich … habe vergessen, wie er heißt. Das darf nicht sein. Und Sie sind sicher, dass Natascha bei ihm ist? Entführt oder was?«

»Direkt bei ihm ist sie wohl kaum, da er sich im Krankenhaus befindet. Er hatte einen Unfall und liegt jetzt im Koma. Würden Sie so freundlich sein und mich über Ihre Beziehung zu Martin Selchgruber aufklären?«

Den Blick starr in die soeben ausgetrunkene Kaffeetasse gerichtet, antwortete sie:

»Selchgruber heißt er, ja, irgendwie erinnere ich mich an einen seltsamen Namen. Er ist … Er ist Nataschas leiblicher Vater.«

»Wie bitte?«

Sie hob den Kopf, schien durch den Kontrollinspektor hindurchzusehen und fixierte einen Punkt hinter ihm an der Wand. Robert war dies sehr unangenehm, kurz war er versucht, sich umzudrehen, um den Punkt zu suchen.

»Der Mann auf dem Foto ist der Vater von Natascha. Er weiß aber nichts davon. Niemand wusste bis jetzt etwas davon. Wie konnte aber Natascha das erfahren?«

Nun blickten ihre dunklen Augen Robert direkt an und signalisierten ihm, dass sie zur Zusammenarbeit bereit war.

»Das nehmen wir gar nicht an, dass einer von den beiden von dem Verwandtschaftsverhältnis weiß. Soviel wir sagen können, war diese schicksalhafte Begegnung rein zufällig. Kennen Sie den Freund Ihrer Tochter? Rudolf Lechner?«

»Nein. Sollte ich?«

Die Mutter der Abgängigen hörte sich die Geschichte des Polizisten an. Fragte nach, was sie nicht verstand, und nickte schließlich.

»Darf ich hier rauchen?« Schon griff sie in ihre Handtasche.

»Eigentlich nicht, aber kommen Sie zum Fenster, ich mache es für Sie auf. Bitte schön.«

Sie bemühte sich, die lange und dünne Zigarette möglichst ins Freie zu halten und den ausgestoßenen Rauch hinauszublasen. Wenn die Sache nicht so ernst gewesen wäre, hätte Robert bei dem ungeschickten Versuch, es ja richtig zu machen, schmunzeln müssen.

»Mein Ex-Mann ist zeugungsunfähig. Wir haben viele Jahre versucht, Nachwuchs zu bekommen, und erst die medizinische Abklärung gab uns die Gewissheit, dass wir kein gemeinsames Kind haben können. Doch der Wunsch danach war dennoch so groß, dass Christoph damals meinte, ich soll mir von irgendjemandem eines machen lassen. Solang es ein Einzelfall sei und er diesen Mann nicht kenne und auch nie erfahren würde, wer es war, sei es ihm egal. Das Kind wäre trotzdem seines. So gab ich mich vor über 19 Jahren bei einem Seefest in Unterach einem Kerl hin. Diesem da.«

Sie deutete mit der Zigarette zum Tisch, auf dem das Foto lag.

»Ich kann Ihnen heute nicht einmal mehr sagen, ob es mir gefallen oder gegraust hat. Es hat sofort eingeschlagen. Den Namen des Mannes habe ich mir in dieser Nacht notiert, für alle Fälle. Das Kuvert ist mit einer Erklärung bei meinem Notar hinterlegt und sollte erst nach meinem Tod geöffnet werden. Kann ich ein Glas Wasser haben?«

Robert brachte eine Flasche Mineralwasser mit zwei Gläsern. Frau Schmitt sprach sofort wieder dort weiter, wo sie aufgehört hatte.

»Selbstverständlich war es eine Illusion, dass es trotzdem unser gemeinsames Kind sei. Je älter und anstrengender die kleine Natascha wurde, desto mehr nagte die fremde natürliche Befruchtung an unserer Beziehung. Die Beziehung aller, nämlich Tochter, Vater und Mutter. Es ergab sich daraus, dass Christoph ständig fremdging. Er war länger und öfter beruflich unterwegs und zeigte kein Interesse an der Familie, die für ihn nicht mehr seine war. Geld war nie ein Problem. Die Trennung kam, und als Jugendliche war Natascha sehr früh selbstständig, aber auch unausstehlich. Ich ging nach Deutschland zurück, und Natascha blieb hier und fing in Salzburg zu studieren an. Wir telefonieren wöchentlich. Das ist unsere Geschichte.«

Kontrollinspektor Preuner war von den Socken. So einen trockenen, selbstsicheren und selbstkritischen Vortrag hatte er von der verlassenen Mutter einer abgängigen Tochter nicht erwartet.

Die Türklingel lenkte die Aufmerksamkeit auf sich. Preuner öffnete, ohne genau nachzusehen, wen er hier hereinließ. Zwei junge Männer, wahrscheinlich so um die 17 bis 19 Jahre, kamen herein. Sie blickten betreten drein, und der ältere von ihnen sagte: »Wir möchten einen Toten melden. Den vom Fernsehen gestern. Das war der Karli. Ein Bekannter von uns.«

Preuner war kurz davor, laut auszusprechen, was er dachte.

Nein, bitte nicht jetzt! Nicht das auch noch! Was für ein beschissener Tag!

Was er nicht wusste war, dass er noch beschissener werden würde.

22

Sonntagvormittag

Alexandra war geschockt. Was sie hier sah, überstieg ihr persönliches Vorstellungsvermögen. Auch wenn sie manchmal über derartige Geschehnisse las und wusste, dass sogar der liebe Nachbar zu solchen Taten fähig war, wollte sie nicht begreifen, was sie durch das verschmutzte Fensterglas gesehen hatte. Sie klopfte gegen die Scheibe, versuchte, die Tür zu öffnen, die jedoch versperrt war, rüttelte erfolglos daran und ging wieder zum Fenster. Ihre Gedanken machten sich selbstständig. Konnte ein so fabelhafter Liebhaber eine dermaßen finstere Seite haben? War Christoph ein kranker Perverser, der sich Frauen in seinem abgelegenen Badehäuschen hielt? Sollte sie die nächste sein? Von außen war es nicht möglich zu beurteilen, wie schlimm es um die Person in diesem Raum stand. Durch das Fenster hatte sie entdeckt, dass eine nackte Frau auf einer Liege oder etwas Ähnlichem lag und sich nicht mehr bewegte. Ob sie noch atmete, konnte sie von hier aus ebenso nicht feststellen. Auf das erneute Klopfen an die Fensterscheibe reagierte sie nicht. Alexandra musste Hilfe holen, und zwar rasch. Aber nur wie?

Sie hatte sich bereits über die seltsame Geschichte mit dem Hausmeister gewundert, die ihr Christoph erzählt hatte. Nun war ihr klar, dass er sie durch ein erfundenes und unsinniges Verbot von dem Gebäude fernhalten wollte. Würde er mit ihr das Gleiche anstellen? Sie ebenfalls nackt fesseln und hierbehalten? Über sie herrschen? Sie benutzen und missbrauchen? Sie quälen und gar töten? Niemand wusste, wo sie war, sie wäre spurlos verschwunden. Keiner käme auf die Idee, sie am Attersee in einer Villa zu suchen. Das Grundstück war groß genug, um ihren leblosen Körper unbemerkt zwischen den Bäumen zu verscharren. Ihr Auto stand in Linz in einer Tiefgarage, ihr Handy steckte ausgeschaltet in ihrer Freizeitjacke, die auf dem Rücksitz des silbernen Mercedes Benz von Christoph lag. Sie hatten vereinbart, beide Mobiltelefone für dieses Wochenende auszuschalten, sich nicht vom Rest der Welt stören zu lassen. Warum wohl? War das von ihm so geplant? Die Erinnerungen an die Stunden und Tage, die sie miteinander verbracht hatten, den vor wenigen Minuten stattgefundenen erfüllenden Sex, alles war wie weggeblasen. Als wäre das nie geschehen. Die unvermutet aufkommende Angst überlagerte das Vorher und katapultierte sie ins Jetzt.

Dummerweise war sie nur mit einem Bademantel bekleidet und barfüßig. Ein feuchtes, verschmutztes Badetuch, mit dem sie das Fenster notdürftig gereinigt hatte, in den Händen. Sonst nichts. Könnte sie es schaffen, von Christoph unbemerkt um die Villa herum zu laufen und das Auto zu erreichen? Einen anderen Weg zum Abstellplatz gab es nicht. Sie hoffte insgeheim, dass der Wagen nicht abgesperrt war. Nochmals ein Blick in das Haus zu der reglos liegenden Frau. Eher ein Mädchen als eine erwachsene Frau, kam ihr in den Sinn. Ein letztes Klopfen, keine Reaktion, letztes Rütteln an der Tür, kein Jammern oder Stöhnen.

Sie nahm sich vor, rasch und zielstrebig zum Hauptgebäude zu marschieren und dann nach hinten zu verschwinden. Auf der Wiese konnte sie problemlos ohne Schuhe laufen, doch auf Höhe der Villa gab es nur einen Kiesweg zum geparkten Mercedes. Teurer heller Schotter, der sich schmerzhaft in ihre Fußsohlen bohrte.

Christoph stellte soeben zwei weiche Eier mit darüber gestülpten, gemusterten und antik wirkenden Stoffhäubchen auf den liebevoll gedeckten Tisch. Die Semmeln warteten in einem Brotkorb der Porzellanmanufaktur *Villeroy & Boch* auf ihren Verzehr, von der auch das ganze Kaffeeservice stammte. Er hatte sich bereits eine Tasse heißen Kaffee eingegossen. Seiner Herzensdame würde er einen frischen servieren, wenn sie vom Baden zurückkam. Durch die Glasfront sah er Alexandra nach links hinter dem Haus verschwinden. Warum kam sie nicht bei der Terrassentür herein? Sie wusste doch, dass er sie mit dem Frühstück verwöhnen wollte.

Er ging nach draußen und rief:

»Alexandra? Suchst du etwas?«

»Ich will mir nur rasch die Jacke holen! Ich habe noch was vergessen. Sie liegt im Auto!«, antwortete sie laut ohne anzuhalten oder sich umzudrehen. Das Laufen auf dem Schotter war tatsächlich schmerzhaft.

Auch Christoph war das Barfußgehen im Freien nicht gewohnt. Ein paar Schritte hinter ihm lagen seine Schuhe im Eingangsbereich, neben der am Boden liegen gelassenen Kleidung.

Während ihr Liebhaber in seine Lederespadrilles schlüpfte, hatte Alexandra den unter einer Weinlaube abgestellten Mercedes erreicht. Einige kleine Steinchen hatten sich fest in ihre Fußsohlen gebohrt und hafteten daran wie geklebt. Es schmerzte, sie versuchte, ein paar abzustreifen, was auch gelang. Doch für diese Empfindungen hatte sie keine Zeit. Der ihr plötzlich so fremd gewordene Mann würde ihr in wenigen Augenblicken nachkommen, so viel war klar.

Ein Griff zur Hintertür des Wagens bestätigte ihre Befürchtungen. Abgesperrt! Mist!

Panik stieg in ihr auf, und als ob sie es nicht besser wüsste, versuchte sie, eine andere Wagentür zu öffnen. Das Badetuch, das sie sich über die Schulter geworfen hatte, fiel zu Boden. Sie bückte sich danach und bemerkte aus den Augenwinkeln eine Bewegung hinter ihr.

Christoph stand lediglich mit den Boxershorts und Schuhen bekleidet ein Stück entfernt und hielt einen Schlüsselbund hoch.

»Mein Schatz, ich würde diesen hier nehmen. Sonst ist es ganz schwierig hineinzukommen. Du brauchst das Handy nicht. Oder hast du noch nicht genug und willst mich anlocken? Im Auto haben wir es noch nie gemacht …«

»Geh … bitte geh … lass mich …« Sie versuchte, mit vorsichtigen Schritten rückwärts eine größere Distanz zwischen sich und ihm aufzubauen.

»Der Kaffee ist fertig! Liebling, komm jetzt. Ich will mit dir frühstücken. Alles andere können wir später nachholen. Du weißt schon …«

Bis zu diesem Moment hatte Christoph nicht bemerkt, von welcher Angst und Panik seine Freundin getrieben war. Aber nun fror sein Lächeln ein, die Hand mit den Schlüsseln sank, und rasch näherte er sich ihr mit zwei weitere Schritten.

»Bleib, wo du bist. Ich weiß … weiß, was … du willst … ich hab gesagt: Bleib stehen, du … du perverses Schwein!«

Schreiend lief sie den Weg zur Hauptstraße hinauf, den erneuten Schmerz ihrer dünnhäutigen Fußsohlen ignorierend, welche nun durch die spitzen Steinchen aufgerissen wurden und auf dem Kies sowie auf dem Asphalt zarte Blutspuren hinterließen.

Christoph verstand die Welt nicht mehr. Was war mit der Frau geschehen, mit der er vor wenigen Minuten eines seiner schönsten sexuellen Erlebnisse gehabt hatte. Mit der er eine wunderbare Nacht verbracht und in die er sich verliebt hatte wie seit vielen Jahren nicht mehr. Er war sich keiner Schuld bewusst, ahnungslos, warum sie ihn als pervers titulierte. Er war sich sicher, dass sie es ebenso wie er genossen hatte, die Nacht im Bett, am Morgen auf der Wiese, auf der Matte. Er benötigte einige Sekunden, um sich zu fassen, ein paar Sekunden, um seine Aufmerksamkeit auf Alexandra zu lenken, ein paar Sekunden, um seine körperliche Starre zu lösen und ihr nachzulaufen.

»Schatz, was ist los? Was ist mir dir? Lass dir bitte helfen … Komm …«

Alexandra hörte seine Stimme hinter sich, nahm aber den Sinn des Gerufenen nicht wahr. Verstand nicht, dass er ihr in ihrer Not beistehen wollte. Lief auf das offene Tor zu. Zu ihrem Glück hatte er vergessen, den Schließmechanismus zu betätigen. Zu ihrem Glück wäre sie in wenigen Augenblicken auf der Straße. Zu ihrem Glück könnte sie einen Autolenker, einen Radfahrer oder einen Fußgänger anhalten und um Hilfe bitten. Zu ihrem Glück …

Christoph war mit seinem Schuhwerk schneller, holte auf, schrie ihr nach, dass sie warten solle, war kurz davor, sie zu berühren.

»Alexandra! Bleib stehen. Bitte, halt an! Halt an!«

Er ergriff ihre Finger, ihre Hand, wollte sie zu sich ziehen, weg vom Tor, weg von der gleich dahinterliegenden Straße, weg von diesem Irrtum, diesem Missverständnis.

Alexandra blieb für einen kurzen Moment stehen, fühlte die Berührung an ihren Fingern, fühlte die bedrohliche

Nähe eines Mannes, den zu kennen sie gedacht hatte. Riss sich mit einer Drehbewegung aus seiner versuchten körperlichen Kontaktaufnahme, sah für den Bruchteil einer Sekunde in sein Gesicht, erblickte seine ehrlich ungläubige und entsetzte Miene.

Bevor sich darüber in ihrem Kopf Gedanken manifestieren konnten, wurde sie von einem roten VW-Golf erfasst und von ihrem Verfolger, der noch mit ausgestreckter Hand am Straßenrand stand, weggerissen. Weggeschleudert, auf den harten Asphalt.

23

Sonntagmittag
Buchberg

Revierinspektor Werner Zufall kam von der Gemeinde Attersee am Attersee entlang, dort konnte ihm niemand helfen, um zu klären, wo die Villa von Christoph Weiß wäre.

Viele Villen am See hatten Eigennamen, die meist auf die Erstbesitzer beziehungsweise auf deren Erbauer hinwiesen. Wie zum Beispiel Schmidt-Villa oder Amerikaner-Villa. Im Herbst schien die Gegend wie ausgestorben, kaum Leute unterwegs. Es war nicht lange her, da wurde in den Medien verbreitet, dass sich eine Attersee-Gemeinde über die Zahl der Zweitwohnsitzbesitzer beschwerte und dass zu wenige Menschen ihren Hauptwohnsitz hier angemeldet hätten. Grund waren die ins Unermessliche gestiegenen Grundstückspreise. Internetplattformen entstanden, in denen sich die ach so geübten Internetuser scheinbar über Belange der Gemeindeämter und des Tourismusverbandes beschwerten, aber nur ihre egoistischen Ansichten und eigenen Befindlichkeiten niederschrieben. Der Privatmann Werner Zufall war der Meinung, dass die Gemeinden am Attersee in den letzten Jahren Verhinderungsgemeinden waren, keinen Mut hatten, etwas Neues und vielleicht auch Visionäres aufkommen zu lassen. Gemeinden, die kaum oder gar nicht zusammenarbeiten konnten. Mit ihren Kommunalpolitikern, die in ihrem provinziellen Gedankengut gefangen waren, die hauptsächlich entsprechend ihren eigenen Profilierungszielen agierten. Unfähig, die Gegend rund um den See als Ganzes, als zu erhaltenswerte Einheit zu sehen. Er war überzeugt, dass die Region seit Ende der erfolgreichen 70er-Jahre aus ihrem Dornröschenschlaf nur langsam aufwachte. Langsam, viel zu langsam.

Der Stau begann oberhalb der Kirche in Buchberg. Sonja setzte das Blaulicht in Gang, und Werner fuhr langsam auf der linken Seite an den Fahrzeugen vorbei. Einige Autofahrer waren so klug und hatten versucht, trotz fehlenden Gegenverkehrs, sich in eine Art Rettungsgasse einzureihen. In diesem Moment meldete sich sein Kollege Robert aus der Zentrale.

»Bin schon fast da. Was ist passiert?«, kam ihm Zufall zuvor.

»Werner, halt dich fest. Ein Unfall mit Personenschaden genau vor der besagten Villa Weiß zwischen Litzlberg und Buchberg. Genaueres wissen wir hier noch nicht. Rettungswagen und Feuerwehr sind unterwegs. Gib bitte so schnell wie möglich Bescheid!«

Obwohl nicht mehr nötig, gab er ihm die Adresse durch. Eine Villa Weiß gab es nämlich nicht, da auch diese Villa unter dem Namen des ehemaligen Besitzers eines Wiener Verlages geführt wurde, der vor über 20 Jahren gestorben war.

»Wird gemacht, Robert. Da bin ich ja gespannt!« Der Polizist aktivierte nun zusätzlich das Signalhorn.

Robert war immer noch in der Leitung:

»Ach und übrigens, ich bin nebenbei mit deinen Junkies im Gespräch. Wir wissen inzwischen, wer der Drogentote ist! Bis später.«

Durch die Lautstärke der Sirene konnte er die letzten Informationen akustisch nicht verstehen, was ihm egal war, da im Moment die Suche nach der abgängigen Frau vorrangig war.

In beiden Richtungen war die Fahrbahn durch den Unfall blockiert. Werner stellte kurz davor den Polizeiwagen links am Rand einer Wiese ab. Das Blaulicht ließ er eingeschaltet. Ein paar Passanten hatten helfend eingegriffen, andere liefen planlos herum, fotografierten oder filmten gar das Geschehen. Die Social-Media-Seiten im Internet wollten gefüttert werden. Zorn stieg in ihm auf, er hasste diese voyeuristischen Gepflogenheiten. Während Sonja sofort das Unfallgeschehen zu verstehen versuchte und ebenso für jegliche Hilfe zur Stelle war, drängte Werner mit deutlichem Ärger in seiner Stimme die Schaulustigen zurück. Einem bärtigen Mann mit Fahrrad musste er sogar eine Anzeige androhen, damit er vom Fotografieren mit seinem Mobiltelefon abließ und weiterfuhr.

Eine nackte, blutüberströmte schwer verletzte Frau lag auf einer Decke am Straßenrand, weißer blutgetränkter Stoff, einem Badetuch ähnlich, bedeckte ihre Blöße. Ein Mann, nur mit einer Unterhose bekleidet, wahrscheinlich mit ihrem Blut beschmiert, kauerte jammernd bei ihr und schrie, als er die Beamten auf sich zukommen sah.

»Helft ihr doch! Wo bleibt die Rettung? Sie braucht einen Notarzt! Sie stirbt sonst ... Alexandra hörst du mich ... bleib bei mir ... es wird ... alles gut!«

Ein paar Meter weiter saß eine ältere Frau weinend in ihrem mitten auf der Straße stehenden VW-Golf mit dem Kennzeichen GR-337GX, was auf eine Lenkerin aus dem Bezirk Grieskirchen schließen ließ. Drei Passanten, entstiegen einem der im Stau blockierten Fahrzeuge, versuchten, beruhigend auf sie einzureden.

Fast zeitgleich mit dem Notarzt und zwei Rettungswagen traf der Kollege aus Sankt Georgen ein, der auf dem Weg zurück sofort umdrehte. Er machte Fotos von der Unfallstelle, veranlasste und half auch mit, den Unfallwagen in die Einfahrt zu schieben. In weiterer Folge kümmerte er sich um den Verkehr.

Die am Boden liegende Verletzte wurde vom Notarzt und dem Team des *Roten Kreuzes* erstversorgt und mit dem Rettungsfahrzeug ins Krankenhaus nach Vöcklabruck gebracht. Die alte Frau, die am Steuer gesessen hatte, wurde von einem weiteren Sanitäter betreut.

Revierinspektor Zufall und Kollegin Sonja nahmen, so gut es ging, die Personalien der an dem Unfall Beteiligten auf. Wobei Werner ständig die Gedanken bei Natascha hatte und dadurch sehr unkonzentriert wirkte. Sie zu finden, wäre ihm im Augenblick wichtiger gewesen.

Nachdem sich der Tumult sowie der Stau endlich aufgelöst hatten, die Einsatzkräfte abgezogen waren und die Polizisten endlich Zeit hatten, sich ihrem ursprünglichen Vorhaben zu widmen, staunten sie nicht schlecht. Aus der Einfahrt zur Villa tauchte plötzlich ein silberner Mercedes Benz auf, am Steuer Christoph Weiß. Dieses Mal mit ausreichend Textilien am Leib.

Der Kollege Hufnagel, der es zuerst bemerkte, stellte sich ihm in den Weg, winkte Werner zu und rief:

»Zufall! Das ist kein Zufall mehr!«

Zu dem Autolenker, der die Scheibe runtergelassen hatte, sagte er: »Raus aus dem Wagen!«

»Aber ich muss ins Krankenhaus! Zu Alexandra! Lassen Sie mich durch.«

»Nichts da!« Der Polizist öffnete die Wagentür, und die dazu getretene Kollegin forderte den Mann nochmals auf auszusteigen.

Kasper zeigte auf seinen Arbeitskameraden:

»Das ist Revierinspektor Werner Zufall. Wie ich schon sagte, nein, das ist kein Zufall. Er ist ziemlich sauer. Er hatte nämlich kein schönes Wochenende und hat ein paar ganz wichtige Fragen. Für Ihre Freundin können Sie im Moment sowieso nichts machen, sie ist in guten Händen. Aber es gibt noch jemanden, der Hilfe braucht.«

Zu Werner gewandt: »Geht ihr mal vor, ich parke den Luxusschlitten hier wieder ein!«

Sprach's und setzte sich in den Wagen, den er sichtlich mit großem Vergnügen und einem noch größeren Umweg aus der Einfahrt steuerte, bei der nächstgelegenen Möglichkeit umdrehte, aufröhrend zurückfuhr und einparkte.

Werner nahm den verblüfften Christoph Weiß am Arm und zog ihn zur Villa hinunter.

»Das tut mir leid mit Ihrer Frau oder Freundin. Wie es dazu gekommen ist und warum Sie auf der Straße beide fast nackt waren, können Sie mir später erklären.«

Christoph unterbrach ihn:

»Hören Sie, Alexandra ist meine neue Partnerin. Sie ist Politikerin und unsere Beziehung ist … sozusagen … noch nicht offiziell. Können Sie veranlassen, dass die ganze Sache diskret behandelt wird? Es sollte nicht an die Öffentlichkeit dringen.«

Den Zusatz, dass er sich erkenntlich zeigen würde, fügte er nicht hinzu, da ihm rechtzeitig bewusst geworden war, mit wem er hier sprach. Den Vorwurf einer versuchten Bestechung brauchte er nicht in dieser prekären Situation.

Werner winkte ihn ab:

»Das ist jetzt nicht vorrangig. Ich möchte wissen, ob Sie einen gewissen Martin Selchgruber kennen.«

»Ja, was soll das? Das ist mein Hausmeister. Ich will …«

Der Kies knirschte unter ihren Füßen, und sie schritten über die Blutspuren Alexandras, ohne sie zu beachten. Sonja hingegen bemerkte sie und fotografierte sie mit ihrem Smartphone.

Zufall ließ sich durch nichts abbringen:

»Hat er von Ihrer Villa einen Schlüssel? Ist Ihnen seit gestern etwas in Ihrem Haus seltsam vorgekommen?«

Christoph kratzte an seinem Dreitagebart, sie kamen an der Weinlaube vorbei, in der Unmengen gefallener Blätter in ihren typischen Herbstfarben am Boden lagen.

»Natürlich hat er einen Schlüssel! Sogar einen Generalschlüssel. Er ist mein Hausmeister! Ich wohne hier nicht oft! Hören Sie, ich ...«

Sie erreichten das Gebäude auf Höhe der Terrasse, der Hausherr tendierte zurück zu seinem Wagen, was durch sein ständiges sich Umdrehen ersichtlich war.

»Wir müssen annehmen, dass der Herr Selchgruber Ihre Tochter Natascha entführt hat. Jetzt liegt er im gleichen Krankenhaus wie Ihre Freundin. Er hatte auch einen Verkehrsunfall. Seltsam, nicht?«

Er vermied bewusst das Wort »Zufall«, das sein Kollege schon genug ausgereizt hatte.

»Was – Natascha? Wie? Wo? Sie ist nicht ...«

»Hätte der Mann die Möglichkeit gehabt, das Mädchen, das angeblich bewusstlos war, mit einem Boot hierherzubringen und sie zu verstecken?«

»Mein Gott. Der Selchgruber! Das macht der nicht! Er ist außerhalb des Sommers über das restliche Jahr der Mieter meines Badehauses! Lieber Himmel! Er wird doch nicht ... Alexandra hat sie wahrscheinlich entdeckt! Deshalb hat sie sicherlich so reagiert. Verdammte Sch... Schnell, kommen Sie mit!«

Die drei liefen an der Villa vorbei, rechts über die Wiese zu den Bäumen, zwischen denen Werner ein kleines Türmchen erkennen konnte. Revierinspektor Hufnagel kam hinterher, schwer schnaufend, da sein Wohlstandsbäuchlein beim ungewohnten Bergablaufen hin und her beziehungsweise auch nach oben und unten schwappte.

Christoph Weiß war als Erster bei der Tür, an der er sofort rüttelte und wiederholt den Namen seiner Tochter rief. Sonja blickte durch das Fenster.

»Sie liegt tatsächlich da drin. Ich fürchte, sie ist ohnmächtig.«

Der besorgte Vater wurde hektisch.

»Mist, der Schlüssel ist in der Villa! Ich muss ihn holen. Die Tür ist schwer aufzubrechen, habe sie extra verstärken lassen.«

Werner zog den Schlüsselbund aus der Uniformjacke.

»Ist er hier dabei? Der ist vom Hausmeister.«

Christoph erkannte den Schlüssel sofort, der einzige mit einer goldähnlichen Farbe. Er steckte ihn ins Schloss und zog mit einem Ruck die Tür auf.

Den Männern blieb die Luft weg, es schnürte ihnen den Hals zu. Sie verharrten in einer Art Schockstarre. Nicht nur der Geruch, der durch die Tür strömte, war der Auslöser dafür. Christoph Weiß drehte sich ab und erbrach sich neben der Tür.

Sonja schob ihren Kollegen zur Seite und ergriff die Initiative, ein kurzes vorwurfsvolles Wort ausstoßend: »Männer!«

Sie beugte sich über das bewusstlose Mädchen. Bemerkte, dass es einseitig gefesselt war, blutete und sich eingenässt und beschmutzt hatte.

»Wir brauchen nochmals den Notarzt und einen Rettungswagen. Und diesmal auch die Spurensicherung des LKA«, sprach sie laut aus. Werner griff nach dem Diensthandy, das nicht in seiner Hose steckte. Er hatte es an der Straße im unversperrten Polizeiwagen liegen gelassen.

Damit telefonierte in diesem Augenblick ein pensionierter Rauchfangkehrer auf dem Fahrrad mit seinem Bruder in Belgien, der dort verheiratet war.

Sonja warf ihm ihr Telefon zu, denn alle drei Männer waren im Moment sichtlich mit der Situation überfordert. Der Kollege aus Sankt Georgen war atemlos und zur Sicherheit einige Schritte vor dem Haus stehen geblieben, als er den Hausherrn auf sein Grundstück kotzen sah.

24

Sonntagmittag
Polizeiinspektion Schörfling

»Der Karli … wir wollten nur in Ruhe eine rauchen. Mehr nicht. Echt, nicht.«

»Und dazu seid ihr auf die Sonnenterrasse eines fremden Bootshauses gestiegen? Dafür betritt man kein Privatgrundstück. Auch wenn es in eurem Fall kein Einbruch war, aber Hausfriedensbruch ist es allemal. Was habt ihr denn geraucht?«

Robert Preuner verlor langsam die Geduld. Die beiden jungen Männer stotterten schuldbewusst herum und kamen nicht zur Sache. Frau Schmitt, die Mutter von Natascha, saß bei Kaffee und Kuchen im gegenüberliegenden *Klimt-Café*. Man würde sie sofort verständigen, wenn sich Neues ergab. Von dem vorhin gemeldeten Unfall hatte ihr der Postenkommandant noch nichts erzählt. Er wollte erst genauere Informationen abwarten. Und jetzt war die Sache mit den dummen Kerlen und dem Drogentoten zu klären.

Roman und Helmut hießen die beiden, die ihr schlechtes Gewissen hierher getrieben hat. Ausgelöst durch die Medienberichterstattung im Fernsehen und in den Sonntagzeitungen.

Helmut erzählte weiter, während Roman gesenkten Kopfes versuchte, mit der rechten Hand die Fingernägel der linken Hand zu putzen, was eindeutig eine Verlegenheitsgeste war.

»Wir haben gar keine mehr geraucht … dazu ist es nicht gekommen … sind die Stiege hinauf … haben uns an der Holzwand angelehnt. Der Karli hat in die Hosentasche gegriffen … und plötzlich hat der Karli so komisch geschaut. Ist blass geworden und zur Seite gekippt. Einfach so. Gesagt hat er nichts … und gerührt hat er sich auch nicht mehr. Der Roman hat ihn aufgesetzt, ihn angesprochen, aber er ist nicht mehr zu sich gekommen. Nicht mal eine Ohrfeige hat genützt. Roman, sag du auch mal was!«

»Ja, so war es. Ich hab mir gedacht, der ist jetzt hinüber, tot. Echt, Mann.«

»Wir haben ja gewusst, dass er harte Drogen nimmt. Wir aber nicht. Nicht wahr?«, fügte Helmut an und blickte den Freund auffordernd an. Roman nickte und starrte auf seine Finger, mit denen er immer noch zu Gange war. Auf seiner Hose sammelten sich von der erfolgreichen Maniküre winzige Schmutzpartikel.

»Und dann?«

»Was dann?«

Preuner schnappte nach Luft. Wie begriffsstutzig waren denn die beiden. Hatten sie das restliche Gehirn auch noch den Drogen geopfert?

»Dann seid ihr davongelaufen, und euer Freund ist auf wunderbare Weise auferstanden, hat sich ins Wasser geworfen und nebenbei am Kopf verletzt. Und das alles nur, weil ihr einen Joint oder Crack rauchen wolltet.«

Helmut dementierte, dass sie nur probieren wollten:

»Der Karli hat was dabei gehabt. Echt jetzt. Wir haben so was noch nie getan. Stimmt doch, oder? Roman! Sag, so war's doch!«

»Erfahren das unsere Eltern?«

Der Polizist kam sich wie ein gefürchteter Gymnasiallehrer vor, der seine Schüler bei etwas Verbotenem auf der Schultoilette erwischt hatte.

»Wenn ihr keine Anzeige haben möchtet, solltet ihr alles erzählen!«

Helmut resignierte und rückte mit der Wahrheit raus:

»Also gut. Wir wollten den Karli nicht beim Badehaus liegen lassen. Wir haben ihn gemeinsam zur Stiege gezogen, und da ist er uns ausgekommen. Über die Holzstiege hinuntergefallen. Das hat ordentlich Lärm gemacht ... wie der Kopf so ... ein paar Mal aufgeschlagen ist. Ich habe mir gedacht, wenn er nicht schon tot wäre, dann wäre er es jetzt sicher. Der Roman hat ihn aufgerichtet, und mit einem Griff ... wie bei der Rettung, so unter dem Arm ... hat er ihn über den Steg gezogen.«

Roman, dessen Name gerade gefallen war, sah plötzlich auf, den Blick in die Ferne gerichtet, die Reinigung seiner Nägel vergessend, sprach er weiter.

»Hätte nicht gedacht, dass der so schwer ist. Fast hätte ich es geschafft. Sein rechter Schuh ist an einem losen Stegbrett hängen geblieben, und wir sind auf dem feuchten Holz ausgerutscht. Er ist ins Wasser gefallen und ich zum Glück aufs Holz, auf den Steg. Schauen Sie, ich habe mir sogar einen Span eingezogen!«

Als deutlichen Beweis hielt er dem Polizeibeamten die offene Handfläche hin.

»Und so haben wir uns halt gedacht, er ist eh schon tot, da können wir ihn gleich im Wasser liegen lassen. Irgendwann hätte man ihn sicher aus der Ager herausgefischt.«

Preuner wollte die beiden Jungs nicht darüber aufklären, dass es der Leichnam nie von selbst bis zur Agerbrücke geschafft hätte.

»Und was wäre gewesen, wenn er nicht tot gewesen wäre? Wenn er nur bewusstlos war?«

Roman starrte ihn entsetzt an, sein Freund entgegnete:

»War er nicht! Hab ich ja gesehen! Gehört auch! Hat ja nicht mehr geatmet, der Karli.«

»Ach ja, sorry, ich habe vergessen, dass ihr Ärzte seid! Und warum habt ihr es nicht gleich gemeldet? Wegen euch sind Kriminalbeamte aus Linz hierhergekommen. Taucher, Rettungsleute, Spurensicherung und, und, und. Habt ihr überhaupt eine Ahnung, was das kostet? Könnt ihr das bezahlen? Oder eure Eltern?«

Die beiden suchten um ihre Fußspitzen herum eine Möglichkeit, den Boden aufzubrechen und darunter zu verschwinden.

Preuner entließ sie schließlich und riet ihnen, selber ihre Eltern zu informieren, denn am nächsten Tag, wenn die Obduktion abgeschlossen sei, würden sie nochmals vernommen werden. Dieses Mal von Kriminalbeamten. Da wäre es sinnvoll, wenn alle Bescheid wüssten.

Die zwei zogen wie geprügelte Hunde ab.

Das Diensthandy läutete und kündigte einen Anruf von Revierinspektorin Sonja Baumgartinger an.

»Natascha lebt, ihr Zustand ist leider sehr kritisch. Sie ist bereits am Weg ins Krankenhaus Vöcklabruck. Zufall kommt in den nächsten Minuten mit Herrn Weiß zu dir ins Revier. Echt schlimme Sache. Auch der Unfall. So viele Zufälle. Ich erledige hier noch einiges mit dem Kollegen Hufnagel aus Sankt Georgen. Er fährt mich dann zurück, sobald wir fertig sind. Wenn du mich brauchst, weißt du ja, wo ich bin. Ach ja, ich habe dich angerufen, da sich Werners Handy in Luft aufgelöst hat. Und gib uns bitte Bescheid, ob wir die Villa gleich für die Spurensicherung und das LKA absperren sollen.«

25

Sonntagabend, am Attersee

Das Motorboot rauschte mit hoher Geschwindigkeit in der herbstlichen Abenddämmerung über die Wasserfläche. Das einzige Wasserfahrzeug, das bis Nussdorf hinaus am See noch sichtbar war. Werner Zufall hielt sein Gesicht in den Fahrtwind. Seine Haare flatterten im Wind, die Mundwinkel zog es ihm dadurch nach hinten, und Tränenflüssigkeit benetzte die Wangen. Er hoffte, der Gegenwind, das aufspritzende Wasser und das Dahinbrausen würden den Zorn, die aufgestaute Aggression aus dem Hirn und aus dem Körper treiben.

Das Vorgefallene bescherte ihm Ärger und Wut. Wut, dass jemand solch unmenschliche Gewalt einem so jungen Leben zufügte, was irreparable Schäden hinterließ. Wut, dass es wahrscheinlich niemand verhindern hätte können und auch in Zukunft irgendwo in dieser Welt immer wieder geschehen würde.

Ärger wegen seines Namens, da der Zufall an diesem Wochenende eine Rolle gespielt hatte. Zufall, dass das Ruder Nataschas Stirn berührt hatte. Zufall, dass der unwissende Vater seine ihm nicht bekannte Tochter entführt und gefesselt hatte. Zufall, dass seine Tante einen Mann anstelle eines Hundes angeschossen hatte. Nichts als Zufälle.

Und sein Kollege mit der doofen, 100 Male ausgesprochenen witzig gemeinten Begrüßung: »Na so ein Zufall, der Zufall!«

Irgendwann wird er dem Kasper ein übertriebenes »Na lustig, der Kasperl, der ist auch wieder da!« entgegenschleudern.

Aber heute nicht. Für heute hatte er seinen Dienst beendet. Heute Abend suchte er auf der weiten Fläche des Attersees seinen Seelenfrieden. Heute Abend schrie er dem Fahrtwind alle Schimpfwörter, Fäkalwörter und Flüche entgegen, die in ihm hochkamen. Heute Abend wurden die Tränen nicht nur durch den vom Motorbootfahren entstandenen Luftzug hervorgerufen. Heute Abend wäre er versucht gewesen, wenn er den Mut gehabt hätte, seinen Dienst für immer zu quittieren. Heute Abend gäbe er viel für eine Pille des Vergessens. Für eine Amnesie, die letzten Tage betreffend. Heute Abend hätte er gerne Trost in den Armen einer Frau gesucht, in deren Armen, deren weichem Bauch oder zwischen deren Brüsten er für immer versinken konnte. Er hätte nicht einmal die Kraft, seinem Vater eine neue Bekanntschaft für eine Nacht auszuspannen.

Auf der Höhe von Parschallen drosselte er den Motor und drehte das Boot in Fahrtrichtung Norden. Er fuhr langsam zurück, zwischen Weyregg an der Ostseite und Aufham an der Westseite des Sees stellte er auf Leerlauf und ließ sich treiben. Es war inzwischen kühl geworden, sodass er sich eine Decke überwarf und eine schwarze Strickmütze aufsetzte. Eine Packung *Gummibärchen* und ein paar Schluck aus einer am Boot versteckten Whisky-Flasche sollten ihn anstatt einer Liebsten trösten.

Die Dunkelheit schob sich vom Norden her über die Ortschaften des Sees. Oben der Sternenhimmel, unten der Seespiegel. Das Lichterspiel rund herum begann wie jede Nacht von Neuem. Nur hatte er an diesem Abend kein Auge für die Schönheit der Natur. Er hatte dieses Wochenende zu viel Ausweglosigkeit und Hässlichkeit gesehen und erlebt. Einzig das sanfte Plätschern der Wellen, die sich an seinem Boot brachen, das er so liebte, beruhigte ihn. Veranlasste, dass er den Gedanken freien Lauf gab, ihnen nachgehen konnte, ohne wieder ängstlich und zornig zu werden. Versuchte, den Fall wertfrei zu betrachten:

Wie konnte ein Mann so etwas tun. Eine junge Frau mittels so brutaler Fesselung derart zu quälen. Die Haut an den Hand- und Fußgelenken war durch die bis zum Knochen zusammengezogenen Kabelbinder durchgescheuert. Ihre Platzwunde am Kopf war nur notdürftig mit einer Mullbinde bedeckt, von dem restlichen Zustand, in dem sie vorgefunden worden war, ganz zu schweigen. War seine Tante indirekt daran schuld, dass das Mädchen beinahe verdurstet und gestorben wäre, oder hatte sie den Täter von noch schlimmerem Taten abgehalten? Inwieweit Natascha missbraucht beziehungsweise vergewaltigt worden war, wusste er nicht. Wie es um die angefahrene Freundin von Christoph

Weiß und den angeschossenen Täter stand, wurde er bisher nicht informiert. Alle lebten, das war sicher. Nein, einen Toten gab es. Gütiger Himmel, den hatte er total vergessen. Na egal. Er würde sich morgen darum kümmern. Er würde sich morgen wieder um vieles kümmern müssen.

Er setzte die Flasche an die Lippen, ein *Famous Grouse*, ein von ihm als sehr guter Scotch befundener Whisky, und musste feststellen, dass er sie unbewusst leer getrunken hatte. Gut, dass sie bereits angebrochen war, höchsten zu einem Viertel gefüllt. Von den *Gummibärchen* lag noch ein auf die Planken gefallenes grünes, das er sogleich in den Mund steckte, und wie gewohnt genüsslich zerbiss.

Einzelne Bilder des Wochenendes sausten durch seinen Kopf. Die Erinnerung an den schönen Anblick des nackten Körpers von Rosina oder Rosa, er hatte den Namen vergessen, die Erinnerung an die gemeinsame Nacht, an ein Aufwachen neben einem anderen anschmiegsamen Menschen. Wieder kam Wehmut in ihm auf. Obwohl er das Alleinsein genoss, sich gerne selbst leid tat, sehnte er sich nach Geborgenheit. Sehnte sich eine Welt herbei, die Gutes schuf und Böses niederwarf wie im Märchen. Eine Welt, in der es für jedes menschliche Wesen das Nötigste gab: Liebe, Geborgenheit, Verständnis und Freundschaft.

Die hohe Luftfeuchtigkeit am See hatte sich auf ihn und das Boot gelegt. Mit den Händen fuhr er sich über das Gesicht und bemerkte, dass er nicht wenige Tränen vergossen hatte.

Während er das Boot zurück steuerte, fasste er den Entschluss, etwas anzugehen, zu dem ihm bisher der Mut fehlte. Er wollte bei der Bezirkshauptmannschaft Vöcklabruck eine Namensänderung beantragen. Der Zufall sollte bald Geschichte sein.

Mit einem Lächeln auf den Lippen fuhr er vorsichtig in das Bootshaus in Attersee ein. Da er spürte, über den Durst getrunken zu haben, legte er sich zum Schlafen mit der Decke in das Passagierboot der *Attersee-Schifffahrt*, das ebenfalls hier eingestellt war. Das Boot mit den Bildern von Gustav Klimt an den Seiten. In der Nacht träumte er von weißen Pferden und im Wasser treibenden Leichen.

Zur selben Stunde kam sein Vater nach Hause. Er betrat gut gelaunt das Haus in Weyregg. Gut gelaunt, da er bei Rosina oder Rosa war, die ihm, so wie Werner, einen großartigen sexuellen Höhepunkt beschert hatte. Und das alles zu einem Sonderpreis. Nimm zwei, zahl eins. Hatte er vor einer Woche bereits mit ihr vereinbart. Als verfrühtes Geburtstagsgeschenk für den Sohn, der nichts davon wissen sollte. Manchmal schaffte er es ja doch, ihn zu überlisten.

26

Mittwoch
Seewalchen

Werner hatte die zwei eingeschobenen freien Tage genützt, um sich von dem Wochenende zu erholen. Das Erlebte möglichst zu verkraften, obwohl Wut und Verzweiflung immer noch an ihm nagten. Zusätzlich der Ärger über sich selbst, da er beim Entdecken der bewusstlosen Natascha wie versteinert war. Unfähig, sofort zu reagieren, wie es Sonja ihnen vorgeführt hatte. Und der Anblick der schwimmenden Leiche zwischen den Stegpfosten verfolgte ihn sogar im Schlaf.

Den Dienstagnachmittag hatte er genützt, um sich im Internet über die Schritte zu informieren, welche bei einer Namensänderung erforderlich waren. Natürlich hatte die regionale Presse wieder mit dem Wortspiel »Inspektor Zufall und der Zufall« die Berichterstattung eingeleitet.

Am heutigen Morgen kam die Nachricht, dass Karli, der Drogentote, bei sofortigem Reagieren eventuell noch zu retten gewesen wäre. Vielleicht.

Um 9 Uhr wurde er mit Sonja zu einem Verkehrsunfall gerufen. Ein Lkw, mit Schnittblumen beladen, war in dem Wäldchen, das zwischen der Ortschaft Neißing und Seewalchen lag, von der Straße abgekommen und umgekippt. Die Ladefläche wurde dadurch aufgerissen, und viele bunte Blumen zauberten auf dem Asphalt und dem Erdreich neben der Straße eine Farbenpracht, die nur ein Maler so hinzuzaubern imstande gewesen wäre.

Einige Bewohner der nahegelegenen Königswiese halfen mit, die Pflanzen einzusammeln, nicht ohne vorher eine Menge Fotos und Selfies mit den Handys zu schießen. Darunter auch ein bekannter Biogärtner, der nebenan seinen Garten hatte. Zum Glück war niemand verletzt, sodass es keine Sanitäter brauchte. Der Fahrer hatte sich gut abgestützt, und laut seinem Bericht war der Wagen in Zeitlupengeschwindigkeit auf der Seite zum Liegen gekommen. Werner hinterfragte, warum der liegende Wagen trotzdem einige Meter weiter geschlittert war. Das würde in weiterer Folge zu klären sein. Obwohl der Sachschaden beträchtlich war, glich das Einsammeln der Blumen einem Dorffest. Es wurde viel gelacht, dem Biogärtner sofort Fragen zu diesen und jenen Gewächsen gestellt und Revierinspektorin Baumgartinger gebeten, sich für ein Foto mit den Blüten zu schmücken. Geschmeichelt, mit einem dankbaren Lächeln, winkte sie ab. Trotzdem gelang einem Passanten ein Schnappschuss der uniformierten Polizistin mit Blumen im Arm, was dieser sofort auf Social Media postete und unzählige Male von anderen Usern kommentiert wurde.

Es dauerte einige Zeit, bis ein herbeigerufener Abschleppwagen mit einem Kran ankam, um den Lkw aufzustellen.

Werner und Sonja regelten den Verkehr, fotografierten ebenfalls, nahmen Maß, um den Unfall zu rekonstruieren, und halfen, wo Hilfe vonnöten war. Sie baten den Fahrer, sich trotzdem von einem Arzt untersuchen zu lassen, und arrangierten, dass er von jemandem abgeholt wurde. Nachdem sich das unfreiwillig komische Blumenfest aufgelöst hatte, waren die Mitglieder der Freiwilligen Feuerwehr mit den abschließenden Reinigungsarbeiten der Straße beschäftigt.

Werner hatte über Funk in der Zentrale Bescheid gegeben, dass sie hier fertig seien und Mittagspause machen würden.

»Holen wir uns eine Leberkässemmel, oder willst du was Gescheites essen?«, fragte der Polizist seine Kollegin, die neben ihm im Wagen Platz genommen hatte.

»Ich bin für etwas Gescheites«, antwortete Sonja und zog aus einem kleinen Rucksack zwei Müsliriegel, die in einer Serviette verpackt waren.

»Selbst hergestellt aus Haferflocken, Nüssen und Obst. Statt Zucker mit Honig. Willst du auch einen? Hat Eyleen gemacht.«

Eyleen war Sonjas Lebensgefährtin, die in der Gegend von Mondsee einen Bio-Laden betrieb. Er hatte sie einmal kurz kennengelernt, da sie Sonja hin und wieder zur Arbeit fuhr beziehungsweise von da abholte.

»Ja, wenn er von Eyleen und sogar gesund ist, da darf ich auf gar keinen Fall Nein sagen.« Und er griff zu.

Während die beiden mehr oder weniger genüsslich an dem Riegel herumkauten, meldete sich Preuner am Funkgerät.

»Hallo, ihr zwei. Sorry, dass ich euch im Moment keine Mittagspause gönne. Aber bitte fahrt rasch nach Kemating, neben der Kapelle ist eine Baustelle. Angeblich hat ein Bagger beim Aushub eine Leiche ausgegraben. Klärt das und informiert mich umgehend. Danke.«

Werner blickte Sonja an:

»Eine Leiche?«

»Ja, Werner, wie du gehört hast, eine Leiche!«

»Schon wieder.«

»Ja, du hast recht. Hatten wir am Wochenende schon mal eine.«

Werner startete den Motor und fuhr die Straße gleich weiter, die nach Kemating führte.

»Ich hasse sie!«

»Wen meinst du damit?«

»Die Leichen. Ich mag sie nicht, die machen irgendwas mit mir.«

»Geschätzter Herr Kollege«, begann Sonja theatralisch, »niemand mag Leichen. Aber ich kann dich beruhigen, sie machen gar nichts. Können es auch nicht mehr.«

Mit einem typischen Wernerschen Grinsen und überzeichnetem Wiener Dialekt sagt er knapp:

»Jooo, heast, waaas iii eeeeh.«

»Werner, sag bloß, du schaust dir in deiner Freizeit *Walking Dead* an.«

»Bist du wahnsinnig! Da könnte ich keine Nacht mehr durchschlafen.«

Nach der Brücke über die Autobahn war die malerische Kematinger Kapelle über Feld und Wiese bereits auszumachen. Wenige Meter daneben sahen sie einen kleinen Bagger in einer breiten ausgehobenen Grube. Ein paar Leute standen herum und betrachteten etwas, das aus der Entfernung nicht zu erkennen war.

Beim rechts Einlenken und Vorbeifahren an neu errichteten dunkel getäfelten Häusern betätigte er kurz Blaulicht und Signalhorn, um auf sich aufmerksam zu machen.

Bis er den Wagen am durch den Bau verschmutzten Straßenrand abstellte, ging ihm ein Gedanke durch den Kopf. Dieser Bau würde das Erscheinungsbild der Kapelle, die hier einsam, beinahe romantisch zwischen Wiesen und Feldern lag, auf ewig zerstören.

Revierinspektorin Baumgartinger war die Erste, die zu den Bauarbeitern trat. Werner drängte ein paar einheimische Schaulustige zurück. Im gleichen Augenblick hielt ein Auto neben dem Einsatzfahrzeug an. Zufall gab dem Fahrer ein Zeichen weiterzufahren. Doch dieser setzte sich einen Bauhelm auf und stieg aus.

»Grüß Gott. Ich bin der Bauherr. Wurde ebenso wie Sie hierher gerufen. Bei meinen vielen Bauunternehmungen haben wir schon so manch Kurioses entdeckt. Leiche ist es nun die erste. Und Sie? Ist es auch Ihre erste?«

Er streckte dem Polizisten die Hand entgegen:

»Ingenieur Bertram Baumann. Ja, ich weiß, Bauunternehmer sein und Baumann heißen, verleitet zu einigen Assoziationen. Vergessen Sie die Kombination am besten gleich wieder.«

Zufall war verblüfft, er fand diese Begrüßung originell und bedauerte, dass er sie nicht früher gehört hatte. Er kannte das Problem mehr als genug, schüttelte dem Mann die Hand und stellte sich als Revierinspektor Werner vor. Er hatte keine Lust, sich als Namensleidensgenosse zu outen.

»Nein, Herr Baumann, es ist leider nicht meine erste Leiche. Kommen Sie, begeben wir uns zum Fundort. Bitte nichts anfassen, wir müssen die Lage orten und klären, welche weiteren Schritte vonnöten sind.«

Sie begaben sich zu den Bauarbeitern, die mit Sonja in der Grube vor einer großen zerstörten Kiste aus Metall standen.

Die Polizistin war dabei, die Fundstelle samt Inhalt zu fotografieren. Was sich darin befand, war von außen nicht ersichtlich.

Der Bauherr stellte ihnen die anwesenden, nun arbeitslos gewordenen Bauarbeiter vor. Darunter auch den Baggerfahrer, Albert Braunsberger.

»Ich hab mit meinem Bagger normal gegraben. Plötzlich habe ich bemerkt, dass da ein Widerstand war. Zuerst habe ich an einen größeren Stein gedacht, den ich mit der Schaufel zertrümmern wollte. Dabei habe ich anscheinend den Deckel zerstört. Nun habe ich rundherum gegraben und entdeckt, dass es kein Stein war, sondern eine Art Sarg. Ein metallischer Sarg.«

Werner sah Sonja an, um von ihr zu erfahren, was in dieser Metallkiste tatsächlich lag. Er hatte nicht vor hineinzublicken.

»Es befindet sich mindestens ein Skelett in dem Behälter. Ich weiß nicht, ob es ein Sarg ist. Ich kann das nicht beurteilen. Da benötigen wir Fachleute. Ich rufe gleich in Schörfling an und fordere das Landeskriminalamt an. Ich denke, dass das hier sehr alt ist. Vielleicht sollten wir auch Archäologen einschalten.«

Sie zückte das Telefon, entfernte sich vom Fundort und gab alle Infos durch. Werner fragte indessen weiter:

»Hat jemand von Ihnen den Inhalt berührt?«

»Nein, natürlich nicht. Ist ja grauslich. Wir haben nur den Deckel etwas mehr aufgebogen, um hineinsehen zu können.«

Zum Baumeister gewandt:

»Wissen Sie, ob sich auf dem Grundstück früher ein Friedhof befand? Wäre ja möglich, dass die jetzige Kirchenmauer später errichtet wurde.«

Der Bauherr nahm seinen Helm ab und kratzte sich am Hinterkopf.

»Soviel ich weiß, wurden die Bestattungen innerhalb der Mauer durchgeführt. Aber wer weiß? Aber wir könnten es nachlesen, entweder bei der Kirche oder im Internet auf *Atterwiki*.«

Werner zuckte mit den Schultern und blickte auf seine Schuhe, die rundherum mit feuchter Erde behaftet waren. Mit dem rechten Fuß schob er einen größeren Stein zur Seite, und darunter kam unvermutet ein Totenschädel zum Vorschein. Die Augenhöhlen mit Erdreich gefüllt, das Kiefer weggebrochen.

»Nein, bitte. Ich mag nicht mehr. Hört das denn nie auf!« Er torkelte wie ein Betrunkener zurück, wobei ihn der Baumeister geistesgegenwärtig stützte und vor einem Fall bewahrte.

Einer der Arbeiter bückte sich und hob den Schädel auf. Mit den Bauhandschuhen putzte er ihn ab.

»Was machen wir denn mit dir? Wie heißt du denn?«, fragte er scherzhaft und zeigte ihn wie einen gefundenen Schatz in die Runde.

Sonja bemerkte Werners Not und befahl dem Mann mit strengen Worten, das Fundstück sofort niederzulegen.

»Bitte verlasst jetzt alle die Baugrube. Die Arbeit an der Baustelle ist vorerst gestoppt. Die Spezialisten sind bereits unterwegs. Ich kann Ihnen versichern, dass es einige Stunden, wenn nicht sogar Tage dauern wird, bis Sie hier weiterarbeiten können.«

Sie erkannte, dass Werner wie erstarrt wirkte und bleich geworden war. Sie nahm ihn am Arm und führte ihn zum Einsatzwagen.

»Setz dich rein. Ich fordere Verstärkung an. Sobald unsere Kollegen eingetroffen sind, fährst du zurück und nimmst dir frei. Du bist ganz weiß im Gesicht. Ist dir schlecht? Kannst du überhaupt noch fahren?«

Revierinspektor Werner nahm alles wie durch einen Schleier wahr, der ihn vom tatsächlichen Geschehen absonderte.

Kurz darauf trafen die Kollegen ein, die, von Sonja instruiert, die weitere Aufgabe der Absicherung und Sicherstellung übernahmen.

Die Nachricht der makabren Ausgrabungsfunde verbreitete sich wie ein Lauffeuer. Ständig kamen neugierige Bewohner der umliegenden Ortschaften daher. Selbst die Bauarbeiter halfen nun mit, sie von der Grube fernzuhalten. Die Gemeindeärztin, die von Schörfling aus verständigt worden war, kam zu Fuß von der Kreuzung heran spaziert, da ab dort alles verparkt und ein Durchkommen mit dem Fahrzeug fast unmöglich war. Lediglich die Straße in die andere Richtung, nach Steindorf, war zumindest eine Fahrzeugbreite durchlässig.

Revierinspektorin Baumgartinger bat die Medizinerin, sich zuerst einem Lebenden zuzuwenden. Dem Kollegen Werner Zufall, der kurz vor einer Panikattacke gewesen sei. Diese trat an den Wagen und besah sich den schwer atmenden und vom Angstschweiß gezeichneten Polizisten am Beifahrersitz. Sie fühlte den Puls, sah in seine Augen und meinte schließlich:

»Ich habe jetzt leider nichts für Sie mit. War auf Tote eingestellt. Aber das Ärgste, denke ich, haben Sie hinter sich. Nehmen Sie sich frei, vielleicht kann Ihnen Ihre Kollegin bei der Apotheke *Passedan*-Tropfen holen. Das sind rein pflanzliche Notfalltropfen. Ein paar Tropfen davon helfen Ihnen, ruhiger zu werden. Lassen Sie sich nach Hause fahren und legen Sie sich nieder. Morgen sieht alles wieder besser aus. Sollte es dennoch schlimmer werden, suchen Sie Ihren Arzt auf oder verständigen den Notruf. Keine falsche Scham!«

Die Ärztin bat Sonja, ihn nicht selber den Wagen lenken zu lassen, ihm die Medizin zu besorgen und ihn heimzufahren.

Eine Dreiviertelstunde später lag Werner in seinem Bett. Er war nicht mal fähig gewesen, zuerst in die Dusche zu steigen. Vater Jakob nahm die Instruktionen der Ärztin von Sonja entgegen und verfrachtete ihn in sein Schlafzimmer. Überwachte, dass er die Tropfen einnahm, und ging nach unten in die Küche, um ihm einen Tee zuzubereiten.

Langsam erholte er sich von seinem Schockzustand. In dieser Dimension hatte er das bisher nie erlebt. Die unbestimmte Angst, die ihn zum Teil immer noch lähmte. Die vollkommene Hilflosigkeit, die ihn wie ein krankes Kleinkind hoffen ließ, dass jemand sich um ihn sorgte.

Als der Vater mit dem Tee das Zimmer betrat, schlief Werner bereits tief und fest. Es sollte ein langer erholsamer Schlaf werden, ohne Albträume.

Während der drei Tage, mit erteiltem Dienstverbot seiner Kollegen und Kolleginnen versehen, kam Sonja ihn besuchen. Bewaffnet mit vier Tortenstücken der *Konditorei Ottet*. Er freute sich sehr darüber und teilte es ihr auch mit. Es tat ihm persönlich leid, dass sie mit Jahreswechsel die Polizeiinspektion Schörfling verlassen würde. Ihr stand eine interessantere Berufsveränderung im Rahmen der Polizeiarbeit bevor.

Sie erzählte ihm, dass der Leichnam im Sarg eine Tote aus dem 17. Jahrhundert sei. Der Totenschädel, auf den er getreten war, dürfte aus der gleichen Zeit stammen. Die Gebeine wurden vom Bundesdenkmal abgeholt, denn mit diesem Alter galten die Knochen nicht mehr als Teile eines Menschen, sondern als Sache. Somit sei die Polizei nicht mehr zuständig, und die Baustelle wurde wieder freigegeben.

Beim Abschied tätschelte ihm Sonja freundlich die Schulter, er war versucht, sie dankend in den Arm zu nehmen, getraute sich aber nicht, da sie dies als plumpe Vertraulichkeit deuten könnte.

Immer diese dumme Angst, er musste endlich lernen, gegen sie anzukämpfen. Er war Polizist, um Gutes zu bewirken, um die Menschen am Attersee zu beschützen. Und jetzt war er selber zum Schutzbedürftigen geworden. Neben der Namensänderung nahm er sich auch vor, seine Ängste in nächster Zeit in Angriff zu nehmen.

Ein neuer Anfang stand bevor.

SOUNDTRACK

Zu diesem Buch gibt es einen Soundtrack. Ich wollte jedes Kapitel mit zwei bis drei Zitat-Zeilen eines musikalischen Titels einleiten. Aus den verschiedensten Musikgenres. Leider durfte ich aus rechtlichen Gründen diese Textpassagen hier nicht abdrucken lassen.

Deshalb habe ich auf *YouTube* eine Playlist erstellt. Unter den Suchbegriffen »Weidinger Erich« und »Seelenfriede« finden Sie beinahe alle hier unten angeführten Titel, die ich, wie geplant, den Kapiteln zugeordnet habe.

1 – »Is schon still uman See« – Kärntner Volkslied in Mundart, Text: Gerhard Glawischnig – Musik: Günther Mittergradnegger

2 – »Nur in meinem Kopf«, Andreas Bourani (2011)

3 – »Guten Abend, gut' Nacht« aus *Des Knaben Wunderhorn* von Clemens Brentano, vertont von Johannes Brahms »Wiegenlied«

4 – »Es war am Attersee«, *Atterseelied* von Christian Ludwig Attersee (1968/69)

5 – »Don’t worry, be happy«, Bobby McFerrin (1988)

6 – »Tragedy«, *Bee Gees* (1979)

7 – »Jeanny«, Falco (1985)

8 – »C’est ça la vie«, Daliah Lavi (2008)

9 – »I shot the Sheriff« von Bob Marley (1973), Coverversion von Eric Clapton

10 – »Eye in the Sky«, *Alan Parson Project* (1982)

11 – »In the Death Car«, von Goran Bregovic, gesungen von Iggy Pop

12 – »Spirits Having Flown«, *Bee Gees* (1979)

13 – »Te Busco«, Celia Cruz (1993)

14 – »Try, just a little bit harder«, Janis Joplin (1970)

15 – »Some Peace of Mind«, Van Morrison (1991)

16 – »So Lonely«, *Police* (1978)

17 – »Let Me Go«, Avril Lavigne, feat. Chad Kroeger (2013)

18 – »Under Pressure«, *Queen* und David Bowie (1981)

19 – »This Old House«, Stuart Hamblen (1954)

20 – »Kindertotenlieder«, Gustav Mahler

21 – »Mother«, Pink Floyd (1979)

22 – »Der Kaffee ist fertig«, Peter Cornelius (1980)

23 – »Mensch«, Herbert Grönemeyer (2002)

24 – »Knockin' on Heaven's Door«, Bob Dylan (1974)

25 – »Weiße Pferde«, Georg Danzer (1984)

26 – »Where the Wild Roses Grow«, *Nick Cave & The Bad Seeds* ft. Kylie Minogue (1985)

DANKSAGUNG

Danke für die ärztliche Beratung:
Doktor Christoph Ortner
Doktor Paul Weidinger

Danke für die Infos über polizeiliche Belange:
Alex Geyrhofer

Danke meiner Lektorin Claudia Senghaas, die immer die für mich notwendige Geduld aufbringt und an meine Ideen glaubt.

Danke meiner Freundin Beate Maxian und meinem Freund Jeff Maxian, die mir jederzeit beratend und helfend zur Seite stehen. Ebenso Ilse Retzek-Wimmer, Michael Maritsch und vielen anderen, die ich hier nicht benennen kann und vielleicht vergessen habe.

Danke an das Klinikum Bad-Hall für die Zeit meiner Reha dort, während der ich diesen Roman in Ruhe zur Gänze über- und bearbeiten konnte. Und das in herrlich grüner Umgebung, mit vielfältigem Vogelgezwitscher umgarnt.

Und wie immer 1.000 Dank meiner lieben Frau Andrea, ohne die es meine Bücher nicht in dieser Form gäbe.

Dank all jenen, die mich in jeglicher Art und Weise unterstützt haben, die mir während und nach meiner Erkrankung zur Seite standen und mir geholfen haben, dort zu landen, wo ich heute bin. Ich weiß, ich habe viele Freunde und Freundinnen und bin darüber sehr glücklich und vor allem sehr dankbar.

R.I.P. Danke meinem Freund und Weggefährten Franz Reiter, dessen Erlebnis mit einem Nachbarshund mich zu der Geschichte in diesem Buch animierte.

Alle Bücher von Erich Weidinger:

»Grüße Gustav« – Gustav Klimt, persönliche Momente
ISBN 978-3-8392-2318-5

Landpolizist Werner Adler ermittelt:
1. Fall: Seelenfriede
ISBN 978-3-8392-0414-6

2. Fall: Seelenblick
ISBN 978-3-8392-0194-7

Hrsg. mit Jeff Maxian: Mords-Salzkammergut
ISBN 978-3-8392-1841-9

Sissis Seitensprünge & Ischler Rosen
ISBN 978-3-8392-1678-1

Mords-Wasserkraft
ISBN 978-3-8392-1607-1

Mords-Zillertal
ISBN 978-3-8392-1249-3

DIE NEUEN Lieblings-plätze

ISBN 978-3-8392-0154-1

ISBN 978-3-8392-2730-5

ISBN 978-3-8392-0155-8

ISBN 978-3-8392-0158-9

ISBN 978-3-8392-0160-2

ISBN 978-3-8392-0159-6

ISBN 978-3-8392-0161-9

ISBN 978-3-8392-0163-3

ISBN 978-3-8392-0164-0

ISBN 978-3-8392-2626-1

ISBN 978-3-8392-0156-5

ISBN 978-3-8392-0157-2

ISBN 978-3-8392-0166-4

ISBN 978-3-8392-0166-4

ISBN 978-3-8392-2838-8

ISBN 978-3-8392-0168-8

GMEINER KULTUR

WWW.GMEINER-VERLAG.DE

Mensch, Kultur, Region